suhrkamp taschenbuch 1823

Hermann Burger, geboren 1942 in Burg (Schweiz), war Privatdozent für Deutsche Literatur an der ETH Zürich. Er starb im Jahr 1989. Mit *Schilten* (1976), *Diabelli* (1979), *Die künstliche Mutter* (1982) und *Brenner* (1989) wurde Burger weit über die Grenzen der Schweiz hinaus bekannt. Er erhielt u.a. den Hölderlin- und den Ingeborg-Bachmann-Preis. *Der Schuß auf die Kanzel* erschien erstmals 1988.

»... ich, Ambros Umberer, Stotterer und Polterer, Hilfstotengräber, Reservesigrist und Friedhoffaktotum, habe mit Peter Stirners Sturmgewehr Nr. 7940 den verhaßten Pfarrer Nathanael Schmuhel wie einen Aasgeier von der Kanzel abgeknallt ...« So die ersten Zeilen der Erzählung, die im Gefolge von Jean Pauls »Rede des toten Christus vom Weltgebäude herab, daß kein Gott sei« den Schriftsteller Peter Stirner gegen die Kirche aufbegehren und schließlich an ihr scheitern läßt. Es ist Ambros Umberer, der während seiner Kerkerhaft getreulich Rechenschaft gibt von den Nöten des Suizidenten Stirner, den die Pfaffia dazu trieb, Hand an sich zu legen. Wie auch bei *Brenner*, seinem letzten Roman, ist »Hermann Burgers Schreibseele vollgesogen mit Literatur, mit fremder, alter und neuer, vor allem auch mit eigener«. *Neue Zürcher Zeitung*

Hermann Burger
Der Schuß auf die Kanzel

Eine Erzählung

Suhrkamp

Umschlagfoto: Andreas Pohlmann

suhrkamp taschenbuch 1823
Erste Auflage 1991

Druck: Nomos Verlagsgesellschaft, Baden-Baden
Printed in Germany
Umschlag nach Entwürfen von
Willy Fleckhaus und Rolf Staudt

1 2 3 4 5 6 – 96 95 94 93 92 91

Der Schuß auf die Kanzel

In der Tat, Herr Generalweltkirchenratspräsident, ich, Ambros Umberer, Stotterer und Polterer, Hilfstotengräber, Reservesigrist und Friedhoffaktotum, um nicht zu sagen Friedhofclochard, von Starrkirch, habe mit Peter Stirners Sturmgewehr Nr. 7940, R – R für Rost im Dienstbüchlein – den verhaßten Pfaffen Nathanael Schmuhel wie einen Aasgeier von der Kanzel abgeknallt in dem Moment, da er Amen sagte, weil ich die pharisäisch ausgekochte Gleisnerei der Evangelischen Landessekte mit der Mördergrube meines Herzens, mit meinem Gewissen, das freilich ein klammgründiges ist, in keiner Weise mehr vereinbaren konnte; ich habe Nathanael Schmuhel, nachdem ich ihn ein letztes Mal Schiffergarn verbreiten und Winkelzüge machen ließ, indem ich ihn die Leichenfeier von Peter Stirners Selbstmord zelebrieren und dabei unverschämte Gottesreklame an den Mann bringen ließ, das Mundwerk für alle Zeiten gelegt, dies war der letzte Lügenfeldzug, den er von der mit Staffeleggmarmortapete verblendeten Holzkanzel herunternahm; seinen Kollegen Wermelinger, seines Zeichens Dekan, zu Hause auf Stock in Romberg-

Quittigen über den Haufen zu schießen, erübrigte sich, zumal eine Kuttenkrähe hinterbleiben mußte für die Schmuhel-Abdankung, wenn die Kirche, will sagen der Stündeler-Tempel sich selber beerdigt, müssen wir wohl oder übel einem ihrer Christuskommisse, einem talarierten Judas das vorletzte Wort lassen, das letzte, Herr Generalweltkirchenratspräsident, habe ich in der Gefängniszelle im Brugger Käfigturm dicht an der Aare, die in der Salzhausenge Schnellen bildet und laut zu mir aufrauscht, während man sie von Stirners Studierzimmer aus nur als quicksilbrig blinkendes Band sah, doch mein vergittertes Ungemach ist mir zehnmal lieber als der Bibelkarner, in »Schilten« die Mörtelkammer, zwischen der Totengräberwerkstatt und den Schauzellen der Leichenhalle, den ich als »Schlachtvieh Gottes«, Jesausia 27,3, in Starrkirch bewohnte, unter Tag, versteht sich, Verbindungsquerschläge, Kopfstrecken, der Todesstreb, Stirner, der veritable Verfasser von »Schilten«, den die Pfaffia aus dem alten Pfarrhaus hinausekelte und in den Suizid trieb, indem sie vertragsbrüchig wurde, ja eine Charta der Menschenwohnrechte zerstörte, hat mir immer gesagt, du, Umberer, der du von der Erde kommst – »Umbra«, »Zentrum der Sonnenflecke«, aber auch »dunkelbraune Farbe«, entstanden durch Verwitterung manganhaltiger Eisenerze –, wirst noch einmal, wenn wir Gerichtstag halten, unsere religio sein, siehe Gewissensscheu, deine

Wurzeln verzweigen sich unter der ganzen Nekropolis, in deren Gräbermitte, selber ein Totenmal, das Abotteshaus mit dem Käsbissen thront, ob Käsbissen oder Spitzhelm, darob haben sich die Gemüter bei der Renovation anno 1868 nicht minder erhitzt als bei der Umgestaltung von 1929, immer geht es in der Kirche letztlich um die theosophisch-sektiererische Frage Käsbissen oder Spitzhelm, hätte nicht der tote Christus vom Dach des Weltgebäudes herab die Wahrheit gesagt, nämlich daß kein Gott sei, könnten wir an der Alternative Käsbissen oder Spitzhelm verzweifeln, wobei der First des mockigen Emmentalers – o diese Löcher allüberall – immer parallel zur Talrichtung verlaufen muß, die Kupferpyramide hingegen steil gen Himmel zeigt, himmelschreiend einerseits, erdkrümmungsorientiert anderseits.

Einmal spät nachts, im Schutz der Dunkelheit, Wurgissers Spähblick entzogen, trug Stirner das alte, im gepanzerten Archiv aufbewahrte Landkirchenmodell der Firma Oehler, Aarau, zu mir in den Bibelkarner hinunter und diktierte mir, nachdem wir ein paar Stiefel Holunder gekippt hatten, ins antiklerikale Gefechtsjournal, der Sage nach soll der erste Starrkircher Bau näher beim Dorf gestanden haben, scheinbar Bommers Thesen unterstützend, doch will man gesehen haben, wie sogenannte Steinmetzengel die Quader und Bossen im Finsteren an den heutigen Platz getragen haben; die erste urkundliche Erwähnung finden wir im Jahre 1036, als Graf Ulrich von Lenzburg in der öffentlichen Gerichtsstätte Rore die Quittiger Kirche als Eigentum des um 950 herum gegründeten Chorherrenstiftes Beromoutier bestätigt, er schenkte dem von ihm beschirmten Stift, das bereits vorher die Pflicht zur Anstellung eines Geistlichen übernommen und das Recht auf den großen Kirchenzehnten hatte, einige Höfe samt Eigenleuten zu Chutingen zur Erleichterung des Unterhalts; die Innenausgrabungen von 1956, diktierte mir Stirner ins antiklerikale Gefechtsjournal, Herr Generalweltkirchenratspräsident, ließen vermuten, daß der Grundriß des ältesten Baus ein Rechteck ohne eingezogenen Chor war, an Stelle des späteren Turmes – Käsbissen oder Spitzhelm, das ist die Frage –, der auf romanische Zeit zurückgeht, hatte das Kirchlein ein Glockenjoch, G-G-Gl-oooo-ckenjoch, das Schiff bestand aus einem einfachen Saal mit schmalen unverglasten Fenstern; 1245 ist erstmals der Name Starrkirch bezeugt, später hieß das Abgotteshaus Oberstarrkirch, im Unterschied zu Starrkirch im Kanton Solothurn; die abseitige Lage auf einem Hügelsporn über dem linken Aareufer ist nach Alfred Lüthi weniger durch das willkommene Baumaterial der benachbarten römischen Ruine zu erklären als dadurch, daß die Landkirchen früher das Zentrum einer Anzahl kleiner Siedlungen bildeten, hast du's, Umberer;

während der Turm, wie gesagt, ob Käsbissen oder Spitzhelm, auf die romanische Zeit zurückgeht, dürften das spätgotische Schiff und der Chor erst gegen Ende des 15. Jahrhunderts erbaut worden sein, womöglich unter Verwendung romanischen Mauerwerks im Schiff; 1740 wurde eine rückseitige Empore, 1784 eine Längsempore an der Südwand eingesetzt; 1851 – du siehst, die rege Immobilientätigkeit – erhielt die Kirche eine neugotische Vorhalle durch Steinhauer Andreas Bircher aus Quittigen; anläßlich der Renovation von 1868 wurde der Turm um fünf Fuß erhöht und der Käsbissen – jetzt kommt's, Umberer – durch einen spitzen, vierseitigen Blechdachhelm mit geschweiften Uhrgiebeln ersetzt, die erste Turmuhr – die Sumiswalder Zeitspinne, wie du weißt – stammt aus dem Jahre 1878, die zweite mit den blauen Zifferblättern – wo Zifferblätter, königsblau, den Nachmittag verschlafen – von 1929; 1949 wurden die drei Chorfenster und ein Fenster in der Südfassade durch Glasmalereien von Felix Hoffmann aus Aarau ersetzt, die kulturell einzig bedeutende Tat von Starrkirch, sieht man von meinem Verwesertum ab, ihr heutiges Aussehen erhielt dieses Baudenkmal der Evangelischen Landessekte bei der großen Renovation von 1956, bei dieser Gelegenheit mußte der 1929 erneuerte Kupferblechhelm nach einer regen Diskussion – Kirchenpflegspräsident Häuptli gab damals den Stichentscheid – wieder einem Käsbissen weichen, die Turmmauer erhielt einen neuen Verputz, die Vorhalle mit dem alten Treppenaufgang zur Empore wurde abgerissen, das Schiff wurde nach Westen hin verlängert, und man errichtete nach dem Vorbild der Berner Kirchen – altem Untertanengeist gemäß – einen einfachen Eingangsvorbau, ein Pultdach auf vier Holzpfeilern, H-H-H-ol-z-eiern; der nördliche Eingang wurde zugemauert – die Pforte für die Toten, die den Leichenwasenweg hochgebuckelt wurden –, die Jugendstildächer über den Seitentüren verschwanden, dafür erhielt die Nordfassade ein drittes Spitzbogenfenster mit gotischem Maßwerk, genau gesagt einem Dreischneuß; im Innern wurde die doppelgeschossige Westempore auf eine eingeschossige reduziert, die Längsempore fiel ganz weg, eine neue Orgel wurde eingebaut und die stichbogige, längsverschalte Tonnendecke aus Tannenholz erneuert; Felix Hoffmann gestaltete auch die restlichen Fenster; an Stelle des alten Holzbodens trat ein Klinkerbelag, der polygonal geschlossene, nach hinten sich leicht verjüngende Chor, der um eine Stufe höher liegt als das Schiff, blieb flach gedeckt;

g-g-ge-d-d-d-eckt, im Innern fallen neben den Glasmalereien – wenigstens ein Kunstgenuß für die sich zu Tode langweilenden Konfirmanden im obligatorischen Gottesdienst, Absenzenkontrolle – der barocke Taufstein von 1679 und der Abendmahlstisch auf, das leicht zu bearbeitende Material zu diesen Alabasterkunstwerken wurde im Staffelegg-Raum abgebaut, man nennt diesen Werkstoff deshalb auch etwa Staffeleggmarmor; der Taufstein ist ein achteckiger Kelch mit den Wappen Düring und Wagner, mit Sprüchen aus dem Markus-Evangelium und Stiftungsinschriften; als Abendmahlstisch dient eine ovale Platte aus weißem, grau geädertem Marmor, auf einem Vierkantbaluster ruhend, die mit den skulptierten Wappen Fischer und Wagner geschmückt ist, an der Tischzarge findet sich ein lateinischer Abendmahlsvers aus dem Evangelium Johannes, auf der Platte die lateinische Widmungsinschrift der Stifterin Elisabeth Wagner; unter dem Vordach, links und rechts vom Eingangsportal, sehen wir zwei eingemauerte, mit Wappen, In- und Umschriften verzierte Grabplatten, die 1854 aus dem Kirchenboden ausgehoben wurden – exhumierte Grabplatten, Umberer, rot unterstreichen –: Caspar Dingnauer und Jacob Dittlinger, Vögte zu Biberach, Johann Wittich, Komtur des Johanniterordens; zu erwähnen bleibt in der Südfassade das Grabdenkmal der Anna Catharina Fischer, Gemahlin des Samuel Wagner, Obervogt zu Biberach, und das Familiendenkmal Bircher;

diktierte er mir ins antiklerikale Gefechtsjournal und setzte dann bald das eine, bald das andere Modelldach auf, mit der klassischen Stempelbewegung von Posthaltern, ja, genau so stempelt Friedli die Einzahlungsscheine, Käsbissen auf, Spitzhelm ab, Spitzhelm auf, Käsbissen ab, die Kirche ist, und dabei köpfte er den Turm ganz, eine Pfrundgüterimmobiliengesellschaft mit dem lieben Gott als Neonreklame, was immer die da oben verzapfen – doch die da unten behalten recht –, ist marginal angesichts der Spitzhelm-Käsbissen-Frage, nieder mit der Pfaffia, es leben die Beinhäuser und Friedhöfe, ich, Herr Generalweltkirchenratspräsident, stotterte und polterte es ihm nach, wie Sie wissen, stößt der Stotterer an den Silben an, während sie der Polterer halbwegs verschluckt, der eine ist eher der gehemmte, der andere eher der aufbrausende Typus, beide Sprachanomalien haben sich während meinen Starrkircher Jahren, also angehörs des angeblichen Wortes Gottes, nicht normalisiert, sondern verschärft, aber Schriftdeutsch, ein ätzendes, hat mir mein Freund und Förderer Stirner beigebracht, während er an »Schilten« arbeitete, gerade weil es einem, sagte er, in unmittelbarer Nachbarschaft der Kirche die Sprache verschlägt, muß man schriftlich auf das äußerste gewappnet sein, unablässig Protokoll führen, alle Gaunereien, die man hinter den Kulissen des Gottesbetriebs beobachtet, aus Notwehr in gestochener Kurrentschrift festhalten, daraus ein Pasquill gießen, das jederzeit gegen die Pfaffia verwendet werden kann, Predigten abhören, Trauergottesdienste abhören, Sektierereien abhören, Kirchenpflegsitzungen abhören, man wird ja dazu gezwungen, den Konfirmandenunterricht abhören, ständig auf dem Friedhof, wo die Dorfgerüchte ausgetragen werden, herumspionieren, dazu bist du, Umberer, weil man dich wie ein Stück Dreck behandelt, der geeignete Mann, ich habe dir in Wigger ein Denkmal gesetzt, und du gehörst, mein stummer Bruder, zur Familie Borks und Schramms und Schugger Leos, habemus dominum, habe den Herrn gesehn, stottern und poltern einerseits, Stockwelsch, die gestochensten Kurrentsätze anderseits, so in jener Nacht Stirner zu mir, Herr Generalweltkirchenratspräsident;

ich habe die Tat, eine logische Tat, weil das Starrkircher Areal längst zum Tatort geworden war, zur kriminellen Schädelstätte, an seiner Statt auf mich genommen, weil die Tragik eines Selbstmörders darin besteht, daß er nicht einmal als Leiche ernstgenommen wird, die fünf Jahre, die Stirner in diesem klassizistischen Schuppen, so Pfarrer Bommer, aushielt, gegen die Biberacher und Quittiger und Romberger Pfaffia ankämpfend, einer Intrige nach der andern ausgesetzt, wobei wahrlich, ich sage euch, nichts so fein gesponnen ist, daß es nicht doch an die Sonne kommt, dieses Quinquannium der evangelisch schismatisch heterodoxen Erniedrigung sitze ich jetzt im Brugger Käfigturm ab. Strafmilderung wegen verminderter Zurechnungsfähigkeit und Tötung im Affekt, wenn auch mit vorsätzlichem Affekt, wenn es das gibt, Herr Generalweltkirchenratspräsident, wissend, daß in der dem

Starrkircher Bibelkarner – weil dort das Reservoir der Konfirmationsbibeln dahingilbte – verwandten Zelle, wo die Phantasie das einzig Freie an mir ist, auch mein Gedächtnis das allerschärfste sein würde, phantastisch sich erinnern, darauf kommt es an, und Umberer, Mörder ebenso wie Zeuge eines Mordes, Kronzeuge, »du setzest eine goldene Krone auf sein Haupt«, Psalmen 21,4, wird aussagen, darauf können Sie Gift nehmen, wird das Unterste in diesem kirchlichen Schlamm nach oben wühlen, wird alles zu Protokoll geben an oberinstanzlichster Stelle, ein Verfahren, das ich vom Verfasser von »Schilten« gelernt habe.

Du mußt, dozierte Stirner unter der Nüsperli-Linde, dicht neben dem Denkmal von Oberst Schwarz, die Höchstspannung, und nur sie ist lebensgefährlich, vom Underdog, vom Ausreibfetzen zum Superintendenten, wenn es diesen Titel noch gäbe, erzeugen, existentiell von ganz unten, aus dem Souterrain kommen, rhetorisch und rechtlich von ganz oben, die höhere Kunst des Stammelns ist die Logorrhöe, mußt anlegen, zielen und ins Schwarze treffen, Nathanael Schmuhel, Herr Generalweltkirchenratspräsident, brach sofort zusammen, ich mußte warten, bis er sich zur Seite wandte zum Chor, sonst hätte ihn womöglich der schräg gestellte Kanzelpultdeckel geschützt wie Hitler die schwere Kartentischplatte im Führerhauptquartier Wolfsschanze, es war ein leichtes, das geladene

Gewehr unter dem filzigen Militärkaput Stirners auf die Empore zu schmuggeln, wo ich dem Organisten Silberschmidt die Noten glattzustreichen und für den Fall, daß der Motor ausfiel, den Reservebalg zu treten hatte, der grüne Mantel war um so berechtigter, als es in Strömen goß während der Abdankung, und ein Stotterer-Polterer in der Kirchenhierarchie, wer beachtet ihn schon, »was ihr einem von diesen meinen geringen Brüdern getan habt, das habt ihr mir getan«, Matthäus 25,40, so sicher wie das Amen in dieser Kirche war mein Schuß auf die Kanzel, ich mußte, welch eine Tortur, die ganze Predigt über 1 Korinther 54 bis 57 abwarten, Sie kennen ja die Kernstelle, »Tod, wo ist dein Stachel? Hölle, wo ist dein Sieg?«, mußte das Lied »So nimm denn meine Hände« abwarten, ein klassischer Sektenohrenwurm, dabei eine ruhige Hand behalten, mußte Silberschmidts Zwischenspiel abwarten, Basson, Bourdon, Flûte, Hautbois, Fifre, nie war die Kirche voller gewesen, also für einmal nicht liebe Bänke, liebe Orgelpfeifen, liebe Hoffmann-Fenster, doch das Amen, das auf das hebräisch-griechisch-lateinische »amen« zurückgeht, »wahrlich, es geschehe«, sprach Schmuhel, das wußte ich aus meiner fünfjährigen Praxis und aus der Tradition Bommers, Stäblis, van Doelens und Wermelingers, mit einer seitlich angedeuteten Verbeugung zum Kirchengutsverwalter Wunderlin, der steif auf seinem angestammten Chorgestühlsplatz saß, damit die unselige Verquickung von Kirche und Staat beteuernd, denn es ist das goldene Kalb, das die Evangelische Landessekte im Innersten zusammenhält, »hat auch er seinen Frieden gefunden« war mein Stichwort, aus der Deckung der Orgel herausgetreten, Sturmgewehr angelegt, Feuer frei, der Schuß, schwarz sechs anvisiert, hallte unter der Stichtonnendecke, echote von den Chorwänden zurück, ließ die Unter-, Hinter- und Vorderbänkler aufschreien, hallte hinüber ins leere Pfarrhaus, gegen die Aare und ins isoklinale Tälchen hinunter, Stirners Wandelaltan, und er wird, dessen dürfen Sie gewiß sein, denn nicht der Mörder, der Ermordete ist schuldig, unendlich nachhallen über die Grenzen des Sprengels, der drei Gemeinden Quittigen, Biberach und Romberg, ja des Kantons Aargau, des Landes, des europäischen Kontinents, der Welt, des Weltalls hinaus, dein Schuß in Gottes Ohr, wenn der alte Götze nicht seit Jahrhunderten taub wäre;

schade, daß keine Fünferfahne hochging, der Zeiger hätte gewedelt, denn es war eine Herzmouche, die linke Ventrikel mochte, so meine Theorie, durch das Geschoß zerrissen worden sein, da gibt es mehrere Möglichkeiten, zum Beispiel kann eine Herzbeutelamponade eintreten, die Vena cava superior und der rechte Ventrikel werden komprimiert, oder durch das Projektil wird auch der Herzbeutel zerrissen, so daß die große Blutung in das Mediastinum erfolgt, der linke Ventrikel nicht mehr in der Lage ist, genügend Blut ins Gehirn zu pumpen, der Herzschuß also zum Gehirntod führt, sonderbar, ein scheinbar so klarer Sachverhalt wie ein Herzschuß zeigt die verschiedensten Alternativen im Pathomechanismus des Todes auf, und dies, Herr Generalweltkirchenratspräsident, mit einem gekrümmten Finger bewirken zu können, ist in der Tat, was ich wörtlich meine, die Erlösung, keine Sekunde verschwomm das schwarze Ziel vor meinen Augen wie etwa die B-Tarnscheibe im diffusen Augustlicht, jetzt, sagte ich mir, habt ihr endlich den Skandal, der fünf Jahre lang bis und mit dem Selbstmord Stirners vertuscht wurde, ein Terrorakt, gewiß, »Gegengewalt eines Gottlosen gegen die Gewalt der Gerechten«, Jesausia 5,14, es war interessant, daß sich zunächst, obwohl ich mit den Gewehrbeinstützen das Victory-Zeichen machte, keine Kirchenmaus rührte, Wunderlin saß steif, als hätte er einen Besen im Rücken, im Gestühl, Wurgisser, der Totengräber und Sigrist von Starrkirch, also mein direkter Vorgesetzter, blieb wie angewurzelt auf dem roten Teppich stehen, es waren dies die letzten Minuten meiner Freiheit, und da ich kein Leibeigener Christi bin, kostete ich sie aus, kein Tempelvorhang riß entzwei, keine Glocke stürzte aus dem Gebälk, der kurz nach der letzten Renovation beharrlich wiederaufgetretene Riß in der Südwand vergrößerte sich keinen Zentimeter;

bei Banküberfällen, sehen Sie, Herr Generalweltkirchenratspräsident, und ich überfiel ja quasi die ländliche Filiale eines Geldinstituts, genießt der Täter eine geradezu diplomatische Immunität, so lange die Waffe im Anschlag bleibt, ich hätte ungehindert Kirchenpflegspräsident Steuerlin oder die Schuricht als Geisel nehmen und, nachdem ich den Geläuteschalter gedreht hätte, beim Einsatz der Sancta Maria aus der Kirche spazieren können, natürlich würde ich im »Blick« kommen, herrliche Genugtuung, es mit diesem Boulevardmassenmedium der lächerlichen Biberacher »Dorfzytig«, dem verlogenen »Kirchenboten« heimzuzahlen, aber Umberer blieb mannhaft stehen, nie war die Stille unter der Starrkircher Holztonnendecke eine gepreßtere gewesen, sie sind ja vollkommen unbeweglich, diese christlichen Mitläufer und Übernächsten-Liebenden, die ganze Gemeinde, und ich stand jetzt auf der Kanzel, wartete auf ein Wort von mir, Silberschmidts wächserne Finger lagen auf den Tasten, ein hingestottertes Gn-Gn-Gn-ad-d-de ihm-G-G-Gott, nein, das war überflüssig, ich stieg in meinem naßschweren Militärkaput, den jeder Schweizer Soldat so rollen lernt, daß die Falten nie wieder herauszubringen sind, die Treppe hinunter ins Schiff und übergab Wurgisser meine Waffe, er ließ sie fallen, er, der Senkrechte, der den Spaten sonst fest in der schwieligen Hand hielt, niemand kam auf die Idee, die Ambulanz zu rufen, dermaßen überzeugt waren alle von meiner Tat, Tod, hier ist dein Stachel, Hölle, hier ist dein Sieg, ich wartete unten im Bibelkarner auf meine Verhaftung, während das vorprogrammierte Endläuten einsetzte, nicht die Totenglocke, das volle Nun-danket-alle-Gott-Gedröhn, und mir fiel der Kalauer ein, den Stirner immer zitiert hatte, wenn er seine Wut über die Wirkungslosigkeit der Kirche im Atomzeitalter ausdrückte: Bim-bam-bum, bim-bam-bum: pumm.

Hier im Brugger Käfigturm hart an der Aarebrücke und über der Salzhausenge habe ich Sträflingsmuße genug, den Starrkircher Skandal in allen Einzelheiten Revue passieren zu lassen, aus dem Nachlaß Stirners ist mir unter anderem ein Gedichtband des von ihm so verehrten Paul Haller zugefallen, der 1882 drüben in Rein geboren wurde, von 1906 bis 1910 im Pfarrhaus Starrkirch wohnte und sich 1920 das Leben nahm, weil auch er, sagte mein Freund und Förderer, an der Chilichapathie, an der Kirchitis litt, er glaubte, so in seinen Briefen, nicht an die Auferstehung, das Predigen fiel ihm von Sonntag zu Sonntag schwerer, er sei einer der schwachen und feigen Christen, meinte er, nicht ermächtigt, auf der Kanzel das Wort zu ergreifen, er schämte und versteckte sich vor Gott, weil er noch nicht erkannte, daß es diesen, den Gott der Evangelischen Landessekte, nicht gibt, daß er eine Marionettenfigur ist und die Pfaffen nur die Fäden ziehen, item, zwei seiner Mundartgedichte muß ich immer wieder aufschlagen, einerseits »Z'Nacht«, wo es heißt: »Schwarz gropet d'Nacht dr Aare noh, / Käis Stärndli schickt e Häiteri. / 'S mues jeden äinist 's Läbe loh / Und usem Liecht a d'Feisteri: // Los doch und lueg, wi's Wasser schüsst / Durab, durab, s'chunt nümme z'rugg. / Probiers, wenn alles nidsi flüsst, / Oeb d'obsi magst bis under d'Brugg!« – anderseits »Wenn's weh tuet«: »I wil nid brieggen, i wil nid lache, / I säge kem Möntsch e kes Wörtli drvo. / 'S brucht's niemer z'wüsse und niemer z'verrote, / Und niemer cho z'froge: Wi het's dr to? // I wil's verwurge, i wil's vergässe...« diese letzte Zeile war nicht nur der Lieblingsvers des Totengräbers Wurgisser, der alles, was ihm die Pfaffia antat, schluckte, bis er Halsschmerzen bekam, er drückt auch die Mentalität der Stockquittiger aus, die ein anderes Völklein sind als die Biberacher oder Romberger, hart im Geben, hart im Nehmen, Grinde wie schädelgroße Exhumationskempen, so Wurgisser, man will niemandem etwas schuldig bleiben, aber auch nichts geschenkt, und klopft Freund Hein an die Tür, ist man mit allen quitt; ich aber, Ambros Umberer, will nichts herunterwürgen und vergessen, da das Wort »Haft« für »Gewahrsam«, wie mich Stirner aufklärte, unter eine Gruppe germanischer Substantivbildungen fällt, die zu der unter »heben« dargestellten indogermanischen Wurzel *kap-, »fassen, packen« gehört, kann mein Bestreben nur dies sein, die Starrkircher Pfarrherren in der Amtsreihenfolge Stäbli, Bommer, van Doelen, Wermelinger und Schmuhel auch wirklich zu kappen, sie des Mißbrauchs von Treu und Glauben, das schlimmste Verbrechen eines Evangelimannes, zu überführen, in Tateinheit mit Nötigung, Hausfriedensbruch, übler Nachrede, Seelenveruntreuung und Urkundenfälschung, denn wer die Bibel so auslegt, wie es auf dem schönen Molassesporn vor den Jurazügen geschehen ist, fälscht die urkundlichste aller Urkunden, die Heilige Schrift, dem Schweizerischen Strafgesetzbuch STGB an die Seite zu stellen.

Stellen Sie sich vor, Herr Generalweltkirchenratspräsident, was ich Stirner ins Grab nachrufe, denn dies ist in gewissem Sinne auch ein Aufklärungsnekrolog: in einem Park hoch über der Aare und dem Fluewald steht eines der schönsten, noch unverfälscht klassizistischen Häuser mit fünf strengen Fensterachsen und einem Satteldach, bescheiden, aber unbestechlich im architektonischen Ausdruck, entfernt an Stifters Rosenhaus erinnernd, ein über hundert Jahre altes Gebäude inmitten von hundertjährigen Bäumen, ein Haus der Geborgenheit im Schnittpunkt der vier Winde mit acht gleich großen, zum Teil mit alabasterweißen Kachelöfen versehenen Zimmern, mit freier Aussicht auf den Fluß, die Aareauen, die Gehirngestalt der südlichen Täler, so Bronner, mit Blick auf den Kirchhof, das Abgotteshaus und das Schloß Biberach, nordseitig den Jura eröffnend, den Homberg, die Juraweid, und der Park, der sich westlich bis zu den neuen Parkplätzen und dem Zwickel des Weidhölzlis erstreckt, wird beherrscht von einer majestätischen Rundbirke, wie ich noch nie eine gesehen, im Sommer ein silbergrün flirrendes Zelt, der Garten liegt gegenüber der Friedhofstraße um einen Meter erhöht, eine Bruchsteinmauer zieht sich wie ein Bellevuesims dem Rasen entlang, der Eingang wird flankiert von zwei Sophoren, deren Äste sich schlangen- und polypenhaft zum Schirmgeflecht verschlingen, hier, sagte Stirner, habe ich meine Gesichte geschaut, hier bist auch du, Umberer, mir zum ersten Mal erschienen, drei Treppenstufen führen hinauf zum Hausweg und den zwei Hortensienrondellen, zur Rechten eine Stechpalme und um die Ecke der prächtige Pastorbirnenbaum, zur Linken das Rosenparterre, dann verliert man sich in der Tiefe des Parks, in einem Flieder- und Holunderbereich, jede Pflanze, so Stirner, muß hier gesetzlich geschützt sein, ein schmaler Plattenweg führt an der Zisterne vorbei zu den Beerenkulturen, Himbeeren, schwarze und rote, Brombeeren, Trübeli, rechts und noch zum inneren Garten gehörend der Springbrunnen am Rand der kleinen Grotte, der Lebhag stößt an das Sektenchalet, ein hölzernes Tusculum, mit alten Vorfenstern zur Weide hin sich öffnend, juratransparent, hier höckeln, eine Havanna rauchen, ein Glas Bordeaux trinken, das feine, an Mirabell, an Hellbrunn erinnernde Plätschern der Wasserkunst in den Ohren, war Stirner das Höchste, hier hat er mir oft Sätze ins antiklerikale Gefechtsjournal diktiert, hier hat er gelesen, ist in die Zauberwelt Mörikes, Eichendorffs, Novalis' eingetaucht, durch den Tabak mit seiner am südlichsten Horizont erahnbaren Heimat, dem Stumpenland, verbunden, hier hat er geschrieben, hier hat er manchem Hagelwetter getrotzt, das Prasseln der Schlossen auf den Ziegeln, bis hierher streckte die Birke ihre äußersten Zweige.

Der Skandal begann 1971 damit, sehr geehrter Herr Generalweltkirchenratspräsident, daß der neu gewählte Pfarrer Hans Bommer erklärte, in diese Bruchbude ziehe er nicht, die Kirchenpflege solle für ihn ein modern und luxuriös eingerichtetes Terrassenhaus »im Dorf« erwerben, der Pfarrer gehöre unter die Leute, nicht auf den Friedhof, und dieses angebliche Appartement im Dorf lag in Wirklichkeit lediglich eine Kurve vom klassizistischen Bruchsteinschrein, so Stirner, entfernt, also, wenn man's genau nimmt, einen Rank näher bei Quittigen, so, mit dieser Architekturehrverletzung, mit dieser Schmähung, Verlästerung und Verunglimpfung begann die Aera Bommer, was hier niemals Zeitalter oder auch nur Amtszeit, sondern lediglich Gast- und Zwischenspiel heißen kann, also mit einem Eklat, denn für viele Stockquittiger und Urbiberacher, für die Nußknacker und Friedhofdolen unter dem Kirchenvolk, war diese Beleidigung des angestammten Amtssitzes, ja allein die Tatsache, daß ein Seelsorger als Immobilienmakler in eigener Sache auftritt, ein Schlag ins Gesicht, und ich, der Stotterer-Polterer, kann im Rahmen dieses Nekrologs auf die Kirche Starrkirch mit Fug und Recht behaupten, daß, wenn Bommer nicht gewählt worden wäre, der Kirchgemeinde nicht nur der Austritt Dutzender von Steuerzahlern, sondern der ganze Pfarrhausskandal und letztlich das Attentat auf Nathanael Schmuhel erspart geblieben wäre, daß die Kirche ihre ohnehin angeschlagene Glaubwürdigkeit zwar nicht bewahrt, doch erst im Lauf weiterer Jahrzehnte verschlissen und nicht dermaßen drastisch eingebüßt hätte; Bommer und Konsorten, sagt Umberer, wiewohl er gerade der expansiven Immobilien- und Personalpolitik des Stammapostels seine, Anstellung wäre zuviel gesagt, seine stille Duldung als Faktotum und Friedhofclochard verdankt, haben Starrkirch ruiniert, und von diesem Ruin wird sich der übriggebliebene Stündelerhaufen nie mehr erholen, so wahr ich hier einsitze. Die Wahl Bommers, dieses Wanderpredigers, dieses neuapostolisch sich gebärdenden Gorillas im Schafspelz, dieses Parfumhändlers, der, nirgends Fuß gefaßt habend, bereits die dreizehnte Stelle antrat, war die Bankrotterklärung, das Fallissement, das Fiasko, der Konkurs, die Pleite, die Totenstarre von Starrkirch. Hätte sich die Pfarrwahlkommission nur etwas umgehört in Schwammendingen, aber nein, sie fiel auf seine Kanzelsalbaderei herein. Immer prüfen die Pfarrwahlkommissionen nur die Geschmeidigkeit der Rede, nie den Charakter, und so handelte sich Starrkirch eben einen Charakterlumpen ein.

Geht man der Frage systematisch nach, weshalb der Zigeuner Bommer trotz der Pfarrhausdiffamierung gewählt wurde, lautet die schlüssige Antwort: wegen des Pfarrermangels. Mit dieser Erklärung gab sich die Kirchenpflege unter dem damaligen Präsidenten Konrad zufrieden. Hätte sie konsequent weitergeforscht – den Bibelforschern die Pfaffenforscher zur Seite stellen – wie Stirner und ich, die wir in der Seelsorgerkunde ja notgedrungen Spezialisten geworden sind, immer noch ein weiteres Ei vor das Huhn stellend, wäre sie zur Erkenntnis gelangt, daß der Grund für den Pfarrermangel darin liegt, daß heute kein ernstzunehmender Mensch mehr Theologie studiert. Warum aber, so Stirner und Umberer, Herr Generalweltkirchenratspräsident, weil Theologen heute nicht mehr gebraucht werden. Die Welt ist ganz einfach zu übel dran, die Natur zu sehr zerstört, als daß man sich diese Jenseitsschönfärber noch leisten könnte. Warum werden die Theologen nicht mehr gebraucht, sagte Stirner zum Totengräber Wurgisser, der in »Schilten« zu Wiederkehr geworden ist, weil die Leute nicht mehr an die Kirche und den Geist, den sie erkennt, glauben. Die Kirche wirkt religionszersetzend, die sogenannt Gläubigen werden ausgestopft und mit Arsenikseife präpariert wie meine Tagraub- und Nachtraubvögel, so Stirner. Wer heute in seelische Not gerät, braucht einen Fachmann, und der Fachmann ist der Psychotherapeut. Daß der Theologe zwar des Hebräischen kundig – was niemandem nützt –, aber nicht der Fachmann ist, diktierte mir Stirner im Tusculum oder Salettl, wie er das Gartenhaus auch nannte, ins antiklerikale Gefechtsjournal, geht aus dem völlig überflüssigen Ritual der Abdankung hervor. Darum beginnt »Schilten« mit zwei Trauerfeierkapiteln. An der Abdankung, wo der Mensch in seiner Qual verstummt, wo der Pickel des Totengräbers einzig das Wort haben müßte, spricht ausgerechnet jener, der vom Dahingegangenen am wenigsten versteht; da es in neun von zehn Fällen ein Kirchenabstinent ist, den der Pfarrer weder je gesehen noch je besucht hat, muß er für den Lebenslauf die Angaben aus dem Trauerhaus verwenden.

Meine Jordibeth, die Leichenansagerin, redet Bruder Stäbli deshalb drein, weil sie sich in der Biographie des Toten besser auskennt als er. Müßte nicht, wenn zum letzten Mal öffentlich – für viele zum ersten Mal – von einem Menschen gesprochen wird, ein veritabler Curriculum-vitae-Topograph am Werk sein? Immer, so Stirner zu Wurgisser, heißt es: nach den Angaben aus dem Trauerhaus, nie: aus eigener Kenntnis. Bruder Stäbli, als Kaufmann zum Theologiestudium gekommen, rechnet jeweils aus, erzählte Wurgisser, was die Bauern pro Kartoffelsack verdienen, wenn er müßig auf dem Kirchenvorplatz unter der Silberlinde steht und ins werktätige Tal schaut. Im Unterschied zu den Hochzeitspaaren weiß er, daß er auf der Leichenhalle steht. Rechnen wir umgekehrt, was den Steuerzahler eine Abdankung kostet. Ein Pfarrer von Starrkirch verdient monatlich, den freien Mietzins eingerechnet, 9000 Franken und ist dafür, da er sich mit seinem Kollegen in die Amtswochen teilt, mit Unterrichtsstunden, Präparanden- oder Konfirmandenunterricht, Predigten und administrativem Kram, den ihm allerdings eine Sekretärin abnimmt, bestenfalls halbtags beschäftigt. Das sind 22 Wochen- und 88 Monatsstunden, ergibt einen Stundenlohn von 102 Franken, die restlichen Aktivitäten sind reine Arbeitstherapie gegen das bohrende Gefühl der völligen Überflüssigkeit. Ein Drittel des Stundenlohns für eine Abdankung müßte also der Trauerfamilie für die Angaben aus dem Trauerhaus bezahlt werden. Hinzu kommt, daß die Leichenrede – es ging ja darum, die Leiche wirklich reden zu lassen – für die Hinterbliebenen nutzlos ist, gegen den Tod ist kein Kraut und auch kein Trost gewachsen, es handelt sich um schamlose Reklame der Evangelischen Landessekte für ihre Sache, man müßte also die Banden- und Leibchenwerbung in der Kirche einführen, fünfzigmal »Ich bin die Auferstehung und das Leben«, fünfzigmal »Tod, wo ist dein Stachel«, fünfzigmal »Ist Gott für uns, wer will wider uns sein«. Nun wird der Pfarrer dafür bezahlt, daß er Werbung betreibt, aber die Hinterbliebenen werden nicht dafür entschädigt, daß sie sich die Werbung anhören müssen. Ich schlage deshalb vor, diktierte mir Stirner ins antiklerikale Gefechtsjournal, aus den Kirchensteuereinnahmen jedem Hinterbliebenen für die einstündige Berieselung durch Kirchenpropaganda 102 Franken Sitzungs- und Ausharrungsgeld zu bezahlen. Wann ist denn die Kirche voll, fragte mich der Verfasser von »Schilten«. Wenn es um ihren eigenen Zustand, den Tod, geht. Das Abgotteshaus ist dann bis zum hintersten Platz besetzt, wenn es sich mittels der Pfaffia-Verlogenheiten über die Natur des Todes selbst bestattet. Eine Abdankung ist nichts anderes als eine orale und anale Selbstbefriedigungsbeerdigung. Dem beiwohnen zu müssen, grenzt schon an Nötigung zum Voyeurismus bezüglich der Leichenfledderei, also nochmals 102 Franken für jeden Hinterbliebenen. Rechnet man mit einem Schnitt von 80 Trauergästen, kommt den Steuerzahler eine Abdankung – ohne Sigristenlohn – auf 16456 Franken zu stehen.

Nebenbei gesagt, wissen Sie eigentlich, Herr Generalweltkirchenratspräsident, wovon Umberer lebte in Starrkirch? Von der Kollekte. Insofern war ich gleich entlöhnt wie die Spielbankcroupiers, die nur verdienen, was freiwillig in den Trunk gespendet wird, Danke für die Angestellten, thank you verry much. Wenn die Pastoren Stäbli, Bommer, van Doelen, Wermelinger und Schmuhel den Kirchgängern die Kollekte ans Herz legten als milde Gabe für Brot für Brüder oder ein Hilfswerk wie Caritas etcetera-blaballera, war ich, Ambros Umberer, gemeint. Ließen sich die Starrkircher Sektierer infolge geschickt gezogener Register des Oberbruders oder Vattis, wobei vor allem die Vox Humana ihre Wirkung nie verfehlte, zu einem Göttibatzen für hungernde Kinder in der Sahel-Zone erweichen, »gib deine Erstlingsgaben ohne zu geizen«, Sirach 27,13, kassierte diesen Betrag der Hilfsleichendiener. Das Prozedere war immer dasselbe. Nach dem Ausläuten, wenn die Predigtbesucher, darunter einige Siebenten-Tags-Adventisten, noch auf der kopfsteingepflästerten Leichenhallendecke herumstanden, bald eine Stelle aus dem Sermon, bald das Wetter oder den Sonntagsbraten erwähnend, hängte Wurgisser, der erste Mann, der die Kirche betritt, der letzte, der sie verläßt, ähnlich dem Orchesterdiener bei einer Großphilharmonie, die beiden Kästchen mit dem nickenden Negerchen, wie wir sie in der Sonntagsschule verwendet hatten, aus ihren Eisenhalfterungen, hielt sie klimpernd ans Ohr, kam die silberdistelngeschmückte Treppe in den Bibelkarner hinunter, schloß die

Bodendeckel auf und schüttete den Segen auf den Bettüberwurf, nicht auf den Tisch, um den Münzenlärm, so Wurgisser zu Stirner, zu vermeiden, da, Umberer, dein Sackgeld für die nächste Woche, ohne Quittung, versteht sich, denn es durften ja keine Spuren dieser Almosendemütigung zurückbleiben, »Almosen erlösen von allen Sünden«, Tobias 4,11, einmal 13,80 Franken im linken, 25,45 Franken im rechten Negerpiedestal, interessant, sagte Wurgisser, daß rechts meistens mehr gespendet wird als links, in der Ära Stäbli-Bommer rechts mehr als links, unter van Doelen rechts mehr als links, bei Wermelinger links wesentlich mehr als rechts;

wirft man dagegen einen Blick auf die Verwaltungsrechnung der Kirchgemeinde Starrkirch, findet man an allererster Stelle die Besoldung der Pfarrer, alles inklusive AHV und Pensionskasse und Gratiswohnung 264000 Franken, geteilt durch zwei, dann die Posten Sigrist, Organist, Kirchenpflege, Kirchengutsverwalter, Pfarramtliche Vertretungen, 17500 Franken, der Pfarrerbesoldung zuzuschlagen, übrige Besoldungen 12000 Franken, die mir, Umberer, zustehen sollten, keine Sozialleistungen – wie ja auch die Kirche überhaupt keine sozialen Aufgaben mehr erfüllt –, aber davon sah ich nie einen Rappen, keinen roten Heller, damit wurden irgendwelche dubiosen Löcher gestopft, nun Stirner, den ich stets als meinen Freund und Förderer, ja Mäzen bezeichnen darf, schoß das

Nötigste aus seinen Reserven bei, stille Reserven, wie sie die Kirche zuhauf äufnet, er meinte, jede Kirchengemeinde hielte sich einen subalternen Frongeldner, einen Leichenhallengroom, eine Abendmahlsordonnanz, er erinnere sich deutlich Borks in Menzenmang, der förmlich zum Schluchzen angestellt worden sei, weil es in Psalmen 9,10 heiße: »Der Herr ist des Armen Schutz«, und in Matthäus 11,5: »Armen wird das Evangelium gepredigt«, der Friedhofclochard gehöre nun mal in die Kirchenhierarchie, Psalmen 74,21: »Laß die Armen und Elenden rühmen deinen Namen«, Stirner bot mir jederzeit Quartier in seinem so sehr geliebten Bruchsteinschrein mit den klassizistischen Fensterachsen an, du kannst, sagte er, das hintere Friedhofzimmer haben, von wo aus du den ganzen Betrieb bequem kontrollierst wie meine Schüler, besser Einheitsförderklässler Wiederkehrs Anger in »Schilten«, auch die alten Stündeler-Strohlager aus der Ära Lätsch in den Dachkammern, wo die Dörrbirnen lagern, stehen zu deiner Verfügung – Wurgisser dagegen bot mir nur den Heustock im Tenn an –, doch ich schlug alles aus, nicht Umberer geben, was nicht Umberers ist, ich gehöre unter die Erde, ins Souterrain, dort entwickle ich eine ähnliche Wurzelsprengkraft wie die beiden Sophoren, welche die Mauer nach außen drücken, und ich bin heute froh über diese Entscheidung, denn vom ewig muffigen, nüechteligen, schimmligen, karfangenen

Bibelkarner mit dem Leichengeruch in die Käfigturmzelle versetzt zu werden, war ein sozialer Aufstieg.

Item, richtig und konsequent wäre es gewesen, wenn die Kirchenpflege unter Alois Konrad, einem grundehrlichen Schlosser, Bommer abgesagt und die zweite Pfarrstelle gestrichen hätte, Stäbli als Alleinerbe, Stäbli mit dem doppelten Lohn wäre dessen ungeachtet immer noch nur halbtags beschäftigt gewesen, Stirner verwies einmal mehr auf sein Heimatdorf Menzenmang, dort habe man die Querele Gutscher-Wösner gehabt, dann die Querele Vollenweider-Rey, dann die Querele Stettler-Böhm, bis endlich, und Menzenmang zähle immerhin 5000 Einwohner, davon vielleicht 50 im geistlichen Sinn Kirchengenössige, ja, ein Prozent ist allenthalben die richtige Schätzung, Giachem Guidon gekommen sei und das Ganze, beide Pfarrhäuser, beide Löhne an sich gerissen habe, und immer noch unterbeschäftigt, mitnichten eine doppelt gefüllte Kirche; doch statt Bommer des Friedhofs zu verweisen, den er angeblich so haßte, kaufte man ihm das feudale Terrassenhaus mit sieben Zimmern und einem separaten Studio mit separatem Eingang, die »eine Kurve näher bei Quittigen« – in der Ära Schmuhel hieß es im Gegenteil »eine Kurve zu nahe an Quittigen« – genügte, um die eiligst einberufene Planungskommission unter dem Motto »Starrkirch wohin?« die Theorie verbreiten zu lassen, der Pfarrer müsse unter den Leuten wohnen und nicht neben der Kirche, schon gar nicht neben dem Friedhof – mir, sagte Stirner, die beste Inspirationsquelle für »Schilten« –, ja man dachte, durch die fürstlichen Wohnwünsche Bommers aufgeputscht – die kurze Euphorie vor einer asiatischen Grippe – sogar an eine dritte Pfarrstelle, die von der Pfaffia anstandslos bewilligt worden wäre, also nachdem bereits die Baukommission Stock eingesetzt worden war, dein Reich komme, Bruder Stäbli, Bauvolumen 1,3 Millionen, dachte an einen Landkauf in Biberach, damit endlich die drei politischen Gemeinden Quittigen, Biberach und Romberg autonom seelsorgerisch veruntreut würden;

so oder so blieb das alte Pfarrhaus leer, verwaist das Clematis-, das Springbrunnen-, das Friedhof-, das Sophoren-Zimmer, und die Kirchenpflege unter Alois Konrad mit dem Kirchengutsverwalter Wunderlin und dem Aktuar Tschümperlin schrieb die klassizistische Villa zur Vermietung aus. Stirner bewarb sich von Aarau aus, wo er als Deutschlehrer an der alten Kantonsschule genug verdient hatte, um »Schilten« zu finanzieren, und er war der einzige Interessent, der die diversen Auflagen des Mietvertrags akzeptierte, einerseits dachte die Behörde, da sie ja schlimmstenfalls mit Fremdarbeitern rechnen mußte, nur an eine sogenannte Pinselrenovation der zwei Jahre lang nicht mehr gelüfteten Zimmer, anderseits verlangte sie einen niedrigen Mietzins, man wolle mit diesem Haus kein Geschäft machen, weil das Geschäft mit der Angst vor dem Tod einträglich genug sei, so Stirner in »Schilten«, er wußte, daß er »Schilten« nur hier, im engen Kontakt mit Wurgisser und dem Friedhof schreiben konnte, »Schilten«, sagte er, aus der Starrkircher Perspektive, die Architektur vom Schulhaus Schiltwald, die Figuren aus der Starrkircher Pfründe leihen, Umberer angliedern, denn ich war in allem seine Gegenfigur; kurz und gut, zu den Auflagen zählte auch, daß Stäbli und Bommer die Parterrezimmer, die durch eine Schiebetür verbunden waren und wo noch das alte Mannborg-Harmonium aus der Ära Haller stand, Druckluftsystem, zweimal in der Woche für Gruppenabende benützen durften, nach vorheriger Absprache mit dem Mieter, daß die Kirchenpflege bis zur Fertigstellung von Stock ihre monatlichen Sitzungen im Sälgen abhalten konnte, die Stirner dann Wort für Wort protokollierte, als Spion im Treppenhaus, und daß die Junge Kirche, die es freilich noch nicht gab – Junge Kirche, eine contradictio in adjecto – den großen Tonnenkeller von der Länge des ganzen Hauses ausbauen und einmal pro Woche ihre Lautsprecheranlage aufdrehen durfte, alle diese vertraglich ausgefertigten Sonderklauseln nahm nur Stirner in Kauf, und man bedenke den Zündstoff, Herr Generalweltkirchenratspräsident, der darin lag, daß ein Schriftsteller, dessen Sozialprestige um vieles höher ist als dasjenige eines Pfarrers, mit dem Haus glücklich und zufrieden war, das Bommer abgelehnt hatte, das fünf Jahre später die Steuerzahler nochmals 1,2 Millionen kostete, damit Schmuhel, über Leichen gehend, einziehen konnte, der Konflikt war vorprogrammiert.

Eigentlich wäre es am 16. März 1977 angezeigt gewesen, auch noch Wunderlin oder Steuerlin, den neuen Kirchenpflegspräsidenten, abzuknallen, um dergestalt die definitive Trennung von Kirche und Staat zu vollziehen, es widerspricht, diktierte mir Stirner in der Ruine Horen ins antiklerikale Gefechtsjournal, dem Artikel 49, Absatz 1 in der Bundesverfassung, daß die Landessekten in einer Art privilegiert sind, welche gegen die garantierte Rechtsgleichheit und Glaubensfreiheit verstößt, denn Artikel 49 verbietet es dem Staat, den Bürger auf ein bestimmtes religiöses Bekenntnis zu verpflichten, der Bürger sollte frei sein, sich irgendeine religiöse Überzeugung anzueignen oder auf eine solchige überhaupt zu verzichten. Die Absätze 2 und 3 des Artikels 49 konkretisieren dieses Freiheitsrecht nach zwei Richtungen, einmal schließen sie jeden religiösen Zwang zur Mitgliedschaft bei einer Religionsgemeinschaft, zur Teilnahme am religiösen Unterricht oder zur Vornahme einer religiösen Handlung aus und verbieten gleichzeitig Strafen infolge religiöser Ansichten; Artikel 50, Absatz 1 der Bundesverfassung garantiert dem Bürger das

Recht, gottesdienstliche Handlungen vorzunehmen, das heißt sich religiös zu betätigen, sei es allein oder im Rahmen einer Gemeinschaft, dies schlösse also die Besteuerung der juristischen Personen, setzte Stirner das Diktat fort im Schatten des Surlauber Chriesbaums bei der Kranzdeponie, ebenso aus, Umberer, wie die staatliche Unterstützung der anerkannten Kirchen, darunter der Evangelischen Landessekte, aus allgemeinen Steuergeldern, es ist, und ich zitiere hier die Botschaft zur Volksinitiative betreffs die vollständige Trennung von Kirche und Staat, eine unerhörte Zumutung, ein Skandal, daß alle Bürger zwangsweise zur Erhaltung der Landeskirchen beisteuern müssen, warum nicht für die Mennonitische Brüdergemeinde, warum nicht für die Gemeinde evangelisch Taufgesinnter, warum nicht für die evangelisch-methodistische Kirche, warum nicht für die Chrischona-Gemeinden, warum nicht für die Soldaten des Kreuzes Christi, warum nicht für das Forum freikirchlicher Pfingstgemeinden, warum nicht für die Adventisten des Siebenten Tages, warum nicht für Jehovas Zeugen, warum nicht für das Apostelamt Jesu Christi – damit du einen Begriff hast vom geplanten Kapitel »Sektenkunde« in »Schilten« –, der Bürger werde als Baby getauft, ohne daß er gefragt werden könne, und die Tatsache, daß die meisten Kinder während des Taufaktes, der Berührung mit dem brunnenvergifteten Wasser, weinten oder zumindest laut vernehmlich lullerten, sollte ein Wahrzeichen sein, nicht der Austritt aus der Evangelischen Landessekte müsse begründet und erklärt, der Eintritt müsse begründet und erklärt werden, wie steht es denn in Frankreich, wo man immerhin speist und trinkt wie Gott, während in Quittigen und ähnlichen Duckmäusergemeinden die Dreifaltigkeit von Blut-, Leber- und Bratwurst vorherrsche, blicken wir einmal, obwohl alle Gräber geostet sind, die Auferstehung im Osten erwartet wird, das klassische Dogma der Parusie, gen Westen, sagte Stirner beim Pfarrhausbrunnen – seine Diktate waren zugleich Starrkircher Flurbegehungen –, in dem Wurgisser die Holzstiele seiner Totengräberwerkzeuge aufschwellen ließ, wie steht es denn in Frankreich, Staat und Kirche sind getrennt, alle Religionsgemeinschaften sind einander gleichgestellt und unterstehen dem Privatrecht, der Staat gewährt ihnen keinerlei Beiträge, ausgenommen die Seelsorge in öffentlichen Anstalten wie in Spitälern, Gefängnissen etcetera;

und sehen Sie, Herr Generalweltkirchenratspräsident, das klassizistische Pfarrhaus auf dem Hügelsporn, von uralten Einwohnern auch Chilenegg genannt – diese ständigen Um- und Umbenamsungen auf dem Land! –, wäre nie und nimmer vermietet worden, hätten wir die vollständige Trennung von Kirche und Staat, hier in meiner vier mal vier Meter großen Zelle im Brugger Käfigturm mit Blick auf die schnellende Aare und den Hungerberg schließe ich auch aus, daß Bommer gewählt worden wäre, Bommer hätte entweder förmlich darum gebettelt, in den Clematis-, Springbrunnen-, Friedhofzimmern aufgenommen zu werden, oder er wäre an der historischen Kirchgemeindeversammlung – alles nur Scheindemokratie, Scheindemokratie – vom 28. Juni 1971 mit Akklamation bachab geschickt worden, »probiers, wenn alles nidsi flüsst«, bachab, tobte Peter Stirner, hätte man Bommer schicken müssen bis ins Kanalnetz von Schwamendingen und zu den Ratten, der Rattenfänger von Starrkirch hätte das Schiff verlassen, bevor es zu sinken begann, nieder mit der Pfaffia, es lebe die Liebe, aber nicht die christliche Übernächstenliebe, die über den Umweg Gottes zu den Menschen führt und auf diesem Narren- und Holzweg, wie Ludwig Feuerbach schon lehrte und Gottfried Keller immer gesagt hat, zur Perversion verkommt – ja, das Götzenbild der eigenen Hilf- und Machtlosigkeit im Kreuz anbeten und die Liebe aufnageln zu lassen ist Masochismus –, Keller, so Peter Stirner bei der Zisterne unter dem Lila-Flieder, habe die christliche Perversionsgeometrie mit einem Dreieck veranschaulicht, ein Mensch links, ein Mensch rechts, über ihnen das Auge Gottes, das als Zierat auf so vielen Grabsteinen zu sehen ist, und was passiert dann, Umberer, die Energie der Schenkel wird der Basis entzogen, wenn ER unser Herr und Hirte ist, dann erfrieren wir von Mitmensch zu Mitmensch, deshalb sind in Gotteshäusern die Heizkosten so hoch, daher wird in der Kirche nicht der Mensch, sondern das Gemeindeglied, eine Gottesknechtschaftsnummer, angesprochen, der Dienende, Verunmündigte, Fronbare, Unterjochte, Versklavte, Gegängelte, der Leib-Christi-Leibeigene;

freilich, Herr Generaltweltkirchenratspräsident, wenn das Pfarrhaus nicht vermietet worden wäre – bald werden die Kirchen zu vermieten sein –, wenn nicht die Immobilienpolitik und Kirchengutsvermehrung und Gräberfondsäufnung und Börsenspekulation – eine Jammertalseele steigt und sinkt wie eine Aktie – an allererster Stelle der Pfaffia stünde, wäre mein Mäzen Peter Stirner, der wahre Verfasser von »Schilten«, nie Nachbar der lieben Bänke, lieben Orgelpfeifen und lieben Hoffmann-Fenster geworden, wäre es ihm nie vergönnt gewesen, den alles entlarvenden Blick hinter die Kulissen zu tun, gäbe es »Schilten« nicht, und er ist aufgrund dieser Paradoxie schon bald, schon vor der Sommergemeinde 1972, als er schwer erkrankt darniederlag, von keinem Seelsorger betreut, von Doktor Krähkamp nur nachts konsultiert – ja, der Arzt konsultierte mich, Umberer, nicht ich ihn –, an der Schildknechtschen Krankheit leidend, die in Tat und Wahrheit die Starrkirchsche war, die Multiple Klerusose, hinter das Geheimnis gekommen, weshalb die große, die überwältigende Mehrheit, welche den

Kapellenservice der Evangelischen Landessekte nicht in Anspruch nimmt, den ganzen scheinheiligen Betrieb toleriert, weil sie nämlich zu weit weg wohnt, weil sie die Kirche durch den verkehrten Feldstecher betrachtet, in der Verkleinerungsoptik, weil sie die Kirche so gering schätzt und vernachlässigt, daß sie, die bei Kirchgemeindeversammlungen abwesende Mehrheit, durch ihre Voten- und Stimmabstinenz die Demokratie unterhöhlt und sich der pfarrherrlichen Diktatur unterwirft, es ist doch so, die Pfaffen haben die Kirchenpflege, die Kirchenpflege hat die Kirchengemeinde in der Hand, deshalb ist der Trick so leicht, den Pfarrwillen als Gemeindewillen zu verkaufen, nur wir drei, sagte Peter Stirner, du, Umberer, das Friedhoffaktotum, mein unsterblicher Wigger, Wurgisser und ich wissen, weil nahe genug am Geschehen, Bescheid, für uns gibt es nicht nur den Sonntag – per Postautosonderkurs mit der Dreiklanghupe in den Gottesdienst –, sondern wir beobachten die Montags-, die Dienstags-, die Mittwochspraxis dieser Galgenvögel, wobei ihm der ursprünglich katholische Ausdruck Kohlensack noch lieber sei, denn Kohle scheffelten sie, Kohle und nochmals Kohle, Wurgisser murre und nörze und quittige zwar, halte sich im großen und ganzen aber still, weil er der Kirche seine Anstellung verdanke, allerdings nur das Sigristenamt, für die Totengräberei werde er von der Gemeinde bezahlt, das sei auch so ein Fundamentalirrtum, meinte Stirner in der Schwedischen Allee, beiderseits von Grabsteinen in Schwedisch-Schwarz-Granit, also falschem Marmor, flankiert, die Abstinenten, die nicht aus der Evangelischen Landessekte austräten, glaubten allen Ernstes, sie würden sonst nicht beerdigt, jeder Einwohner von Quittigen, Biberach und Romberg hat Anrecht auf ein stattliches Begräbnis, stattlich und staatlich, Umberer, was wegfällt, ist das Geläut und die Leichenrede, auf die wir nun wirklich verzichten können, diktierte mir Stirner ins antiklerikale Gefechtsjournal, Herr Generalweltkirchenratspräsident.

Nach dem Amtsantritt Bommers, nach dem Einzug Stirners, nach den ersten schwungvollen Handschriftentwürfen und Skizzen zu »Schilten« ging schon bald der Teufel los, weil sich die beiden Pfarrer mitnichten an die Vertragsabmachungen hielten, sondern, Bommer als neuapostolische Zuglokomotive, Bruder Stäbli mit seiner Erz-Jesu-Gemeinde im Schlepptau, eine derart hektische Gruppenaktivität entfalteten, daß sie das Parterrezimmer-Angebot, das Jugendkeller-Angebot, die diesbezüglichen Klauseln sprengten, und mehr als nur einmal sei es vorgekommen, daß, wenn er, Stirner, am späten Abend nach Hause gekommen sei, in beiden Stockwerken alle Lampen brannten, die Haustür offenstand, in der Privatküche wirtschaftete die sogenannte Silbergruppe, die den Ergrauten und Betagten ein Dach über dem Kopf bieten wolle, Kehlbalkendachstuhl, in der privaten Stube mit dem fichtengrünen Kachelofen saß die Tot-und-was-dann-Gruppe um Stäbli und den Tisch herum, im Sälgen spielte Birchmeyer von der Jungen Kirche balgtretend Jazz am Harmonium, im Tonnenkeller, wo früher der Abendmahlwein lagerte, hämmerte es, im oberen Stock ging jemand auf die Toilette, im hinteren Friedhofzimmer wurde Gebetsheilung ausprobiert, im Studier- oder Sophorenzimmer formierte sich die Abendmahl-Einzelbecherchen-oder-Gesamtpokal-Gruppe, man habe ihn, den Mieter, freudig begrüßt und mit Abfallkonfekt und Kaffee abgespeist, Bommer habe ihm immer wieder die feuchte Hand gedrückt und gedankt für seinen Beitrag dazu, daß neues Leben aus der Ruine der Gemeinde blühe, Starrkirch sei ja, wie der Name sage, in alten Ritualen und Traditionen erstarrt, die wolle er aufbrechen, Kirchenpflege hin oder her, es sei ja kein Geheimnis, daß in dieser überalterten Behörde, die man in die Silbergruppe integrieren müßte, lauter Kürbis- und Querköpfe säßen, Konrad, dieser Laveri, Wunderlin, Tschümperlin mit der lädierten Hüfte, die Lismersche, frischer Wind müsse denen um die Ohren blasen, daß die Zuckerwasserfrisur steif werde, und Bruder Stäbli mit der Mönchstonsur nickte wie die Negerchen am Kirchenportal, apropos Kinderhütedienst, er werde doch sicher nichts dagegen haben, wenn während der Predigt im Säli, eben, und für den Kirchenkaffee, nicht jeden Sonntag, verstehe sich, bräuchte man halt die Küche, was, fragte Peter Stirner, der in den eigenen vier Wänden in die Emigration Getriebene, ist denn mit dem Unterrichtszimmer und der Kochgelegenheit im Sigristenhaus neben dem Schulungsraum, eine beklemmende Atmosphäre, so die Antwort, nicht die richtigen Stühle, nicht die richtigen Tassen, und immer Wurgisser als Spitzel und Aufräumer hinterher, Wurgisser, der draußen auf die Uhr schaue, die Minuten zähle, »der Herr segne dich«, Peter Stirner, »du Wohnung der Gerechtigkeit«, Jeremia 31,23;

so ging das weiter, Herr Generalweltkirchenratspräsident, damals war ich noch nicht in Starrkirch, oder sagt man auf Starrkirch wie auf Stock, aber Peter Stirner hat alles vermerkt in den Materialien zu »Schilten«, so daß wir uns heute fragen müssen, warum hat er nicht den wahren Schilten-Roman mit den Starrkircher Verhältnissen geschrieben, und es kam zur Krisensitzung mit dem Mieter und dem Vertreter der Jungen Kirche am 2. Juni 1972, kurz vor der Traktanden-Bereinigung für die Sommergemeinde, im Säli an jenem schweren Nußbaumtisch, den die Schwamendinger Bommer zum Abschied geschenkt hatten, wohl aus Erleichterung, daß er ging, man hatte ihm den Tisch und die Stühle gewissermaßen nachgeschmissen, die er in die Ehe mit der Kirchgemeinde einbrachte als Weibergut, und an dieser dreieinhalb Stunden dauernden Marathonsitzung im alten Pfarrhaus, zwei Fenster Friedhofsicht, eines Talsicht, beschwor Präsident Konrad das gegenseitige Einvernehmen, die Meinung sei, sagte er immer wieder, d'Mäinig isch, wessen Meinung, war nicht klar, Stirner pochte auf den Vertrag und beklagte sich über Hausfriedensbruch, ja, aber d'Mäinig isch, Bruder Stäbli, immerzu sich räuspernd, die langbehaarten Finger zu einer Züpfe verflechtend, warf der Kirchenpflege vor, sie hätte einen großen Fehler begangen mit der Hausvermietung, nur den schnöden Mammon im Auge gehabt, man beanspruche die Räume für die Gruppenarbeit und solle Stirner kündigen; jawohl, doppelte Bommer nach, er habe bei den Vorverhandlungen nur darum auf das alte Haus verzichtet – verzichtet, sagte er jetzt –, weil er es für kirchgemeindliche Zwecke habe offen halten wollen, die Herde, »der Herr sei dein Hirte«, Jesausia 35,18, brauche ein Satteldach über dem Kopf – nebenbei, was ist der Kopf einer Herde, der Leithammel? –, jetzt, warf Wunderlin, der Kirchengutsverwalter, indem er den Stumpen aus dem Mundwinkel nahm, dazwischen, lügen Sie aber, Herr Pfarrer-Pfarrer, kein Wort haben Sie davon gesagt-gesagt, nur daß Sie in diese Bruchbude nicht einziehen würden-würden, und, so Stirner später, genauso steht es im Protokoll, ich habe es herauskopiert, lügen, protestierte Bommer, nehmen Sie sich in acht, Sie Rappenklemmer, das ist der sprichwörtliche Quittiger Geizkragengeist, »von einem Geizhals redet die Stadt schlecht«, Sirach 31,29, unsere Löhne rangieren an zweitletzter Stelle im Kanton – dann müßte ja ein Pfarrer von Aarau 12000 Franken verdienen, kein Wunder, daß sie alle wegziehen – o wäre Umberer nur dabeigewesen, er hätte seinen Freund unterstützt mit der ganzen Giftverdächtigkeit seines Pilzgemüts, die beiden Pfarrer, die sich mitnichten und -abernichten auf Stock vertrösten ließen, den kombinierten Pfarrhaus-Kirchgemeindehausbau mit einem Saal für 160 Personen, der in anderthalb Jahren fertig sein würde, skizzierten nochmals ihr Gruppenkonzept, Silber-Gruppe, Tot-und-was-dann-Gruppe, Mit-dem-Postautokurs-zum-Gottesdienst-Gruppe, Abendmahls-Einzelbecherchen-Gesamtpokal-Gruppe, Kinderhütedienst, Kirchenkaffee, sie stellten konkrete Raumforderungen über die Leiche Stirners hinweg, den man einfach wieder ausquartieren müsse – nicht über meine Leiche, soll er gesagt haben –, d'Mäinig isch, daß, das Unterrichtszimmer im Sigristenhaus komme nicht in Frage, man könne doch mündig gewordene Christen nicht in Schulbänke zwängen und mit dem Tauchsieder Kaffee kochen, immer wieder der Kaffee im Zentrum, ist die Kirche eigentlich eine Sonntagscafeteria, das sei nicht wahr, korrigierte die Lismersche, drei Therma-Platten, sogar eine Schnellplatte; und überhaupt, steigerte sich Bommer in seinen Rhetorikrausch, eine neue Kirchenpflege müsse her, die begreife, was es geschlagen habe, die mitziehe am Karren, dieser Friedhofperfektionismus in Starrkirch, man solle die Toten ihre Toten begraben lassen, habe er Wurgisser erst neulich gesagt, ja und Wurgisser, warf der Aktuar Tschümperlin ein, kann seither nicht mehr schlucken, Wurgisser hat eine Kröte im Hals, so, Kröte im Hals, frotzelte Bruder Stäbli, er kann ja nicht einmal die Leinwand richtig aufspannen für die Dias aus der Dritten Welt, eine Leinwandpanne nach der anderen, und hier, setzte Bommer zu, befinden wir uns in der Dritten Welt, Quittigen, Biberach und Romberg sind neuapostolisch unterentwickelt, und um Unterentwickelten zu helfen, investiert man, wir verlangen die Kündigung und den Ausbau dieser Bruchbude, hier und jetzt, sonst bringen wir das Traktandum vors Volk, sagte Bruder Stäbli, vors Volk, und ballte zaghaft die Faust. Wunderlin, der Mutigste von allen, der immer das letzte Wort eines Satzes wiederholen mußte, ein Endstottererphänomen, Umberer, sagte, indem er den Stumpen von einem Mundwinkel in den anderen rollte: Wenn das geschieht, meine Herren, tritt die Kirchenpflege kollektiv zurück-zurück. Bommer hat das Pfarrhaus ausgeschlagen-ausgeschlagen. Wir haben nach langem Suchen einen Mieter gefunden-gefunden. Dem haben wir drei Jahre zugesichert-zugesichert. Konrad meinte noch, d'Mäinig isch, aber Wunderlin setzte den

Schlußpunkt: die Sitzung ist geschlossen-geschlossen.

Hut ab vor dieser Kirchenpflege, Herr Generalweltkirchenratspräsident, ihr Wort war nicht Gotteswort, aber ein Wort, das Wort eines Schlossers, das Wort von Büetzern, wie wir sagen, Stirner stellte das Büetzerwort höher als Gotteswort, und Paul Haller hatte es auch so getan im »Juramareili«; nun werden Sie vielleicht fragen, ob dies alles von öffentlichem Interesse sei, ja und nochmals ja, öffentliche Personen, sagt Hilty, müssen in ihrem ganzen Leben »glaslauter wie durchsichtiger Kristall sein«, so daß man alles sehen darf, dieses Gebaren von staatlich besoldeten und mit Villen verwöhnten Pfaffen gehört an den Pranger gestellt, weil niemand außer uns – Umberer-Wurgisser-Stirner – einen Blick unter das Sonntagsdeckmäntelchen wirft, »was ihr einem von diesen meinen geringen Brüdern getan habt«, Matthäus wieviel, Herr Generalweltkirchenratspräsident, natürlich hatte Bommer gemerkt, daß er sich unbeliebt gemacht hatte mit der Pfarrhausbeleidigung, deshalb behauptete er, auf die Räume verzichtet zu haben zugunsten der Gemeinde, und die Zeit drängte, denn wenn Stock stand, war es mit dem Gruppenansturm auf den Bruchsteinschrein vorbei, war das Hauptargument, Stirner zu kündigen, erledigt; wenn Stock steht, Umberer, haben wir Ruhe, übrigens Wurgisser muß sich operieren lassen, sie handeln hier alle nach dem Haller-Wort »I wil's verwurge, i wil's vergässe«, wir aber, der Schriftgelehrte und sein Wurzelstrunk, sein Nachtschattengewächs, hier, nimm einen Villiger Export, verwurgen nichts, sonst kriegen wir Krebs, den Kirchenkrebs, das gibt es, man kann zum Karzinom Gottes werden, das kommt von der Luftverpestung durch Pfaffiaabgase, darum erste Forderung für die nächste Kirchenrenovation: Vollklimatisierung, das Äußere des Christentums wird ständig renoviert, das Innere bröckelt ab, die ganze Immobilienhamsterei der Evangelischen Landessekte läuft darauf hinaus, durch baulich zementierte Tatsachen Gemeindeleben vorzutäuschen, dabei bringen sie nicht einmal die Kirche voll, geschweige denn einen Saal für 160 Personen, die Demission Stäblis ist nur noch eine Frage der Zeit nach der Einweihung von Stock, weil sich 13 Kirchenamseln in einem Saal für 160 Personen horror-vacui-hafter auswirken als im Sophoren-Zimmer;

beim Versenken des Sarges beziehungsweise der Urne pflegte Bruder Stäbli mit gesenktem Tonsurhaupt immer zu sagen: »Wir übergeben der Erde, was der Erde gehört. Gott spricht zum Menschen: Von Erde bist du genommen und zu Erde sollst du werden.« Wenn der Pfarrer selber, wie es in Starrkirch Tradition ist, eine Schaufel Erde ins Grab wirft, wobei Wurgisser dafür immer durchs Wurfgitter geschleuderten Humus zur Verfügung stellen mußte, kommentiert er: »Erde zu Erde, Asche zu Asche, Staub zu Staub.« Dies, Herr Generalweltkirchenratspräsident, sind bei Gott die ehrlichsten Worte der Abdankungs-Liturgie, wobei man, da ja die Skelettreste des Vorgängers auf dem Lehmhaufen liegen, noch beifügen müßte: und Knochen zu Knochen. Nichts weiter, einfach, wir geben dem Gebein das Gebein zur Seite. Nach einer kurzen Stille empfiehlt sich Römer 8,38: »Wir stehen hier nicht als Menschen, die keine Hoffnung haben. Mit dem Apostel sprechen wir: Ich bin gewiß, daß weder Tod noch Leben uns scheiden kann von der Liebe Gottes, die in Christus Jesus ist, unserem Herrn.« Doch und aberdoch, denn er hat am Kreuz gerufen: »lama lama asabthani«, mein Gott, warum hast du mich verlassen? Wir müssen lehren, diktierte mir Stirner vor einer offenen Lehmgrube ins antiklerikale Gefechtsjournal, daß Christus nicht Gottes Sohn war, sondern sich für Gottes Sohn hielt, »Der Einzige und sein Eigentum«. Wie sagt Paulanus, 41,57: »Jetzo sank eine hohe edle Gestalt mit einem unvergänglichen Schmerz aus der Höhe auf den Altar hernieder, und alle Toten riefen: ›Christus! ist kein Gott?‹ Er antwortete: ›Es ist keiner.‹ Der ganze Schatten jedes Toten erbebte, nicht bloß die Brust allein, und einer um den andern wurde durch das Zittern zertrennt.« Und dann schreibt Paulanus 41,63 folgende die unauslöschlichen Worte: »Christus fuhr fort: ›Ich ging durch die

Welten, ich stieg in die Sonnen und flog mit den Milchstraßen durch die Wüsten des Himmels; aber es ist kein Gott. Ich stieg herab, soweit das Sein seine Schatten wirft, und schauete in den Abgrund und rief: ›Vater, wo bist du?‹ aber ich hörte nur den ewigen Sturm, den niemand regiert, und der schimmernde Regenbogen aus Wesen stand ohne eine Sonne, die ihn schuf, über dem Abgrunde und tropfte hinunter. Und als ich aufblickte zur unermeßlichen Welt nach dem göttlichen Auge, starrte sie mich mit einer leeren bodenlosen Augenhöhle an; und die Ewigkeit lag auf dem Chaos und zernagte es und wiederkäuete sich. – Schreiet fort, Mißtöne, zerschreiet die Schatten; denn Er ist nicht!‹ Die entfärbten Schatten zerflatterten, wie weißer Dunst, den der Frost gestaltet, in warmem Hauche zerrinnt; und alles wurde leer. Da kamen, schrecklich für das Herz, die gestorbenen Kinder, die im Gottesacker erwacht waren, in den Tempel und warfen sich vor die hohe Gestalt am Altare und sagten: ›Jesus! haben wir keinen Vater?‹ – Und er antwortete mit strömenden Tränen: ›Wir sind alle Waisen, ich und ihr, wir sind ohne Vater.‹ Da kreischten die Mißtöne heftiger – die zitternden Tempelmauern rückten auseinander – und der Tempel und die Kinder sanken unter – und die ganze Erde und die Sonne sanken nach – und das ganze Weltgebäude sank mit seiner Unermeßlichkeit vor uns vorbei – und oben am Gipfel der unermeßlichen

Natur stand Christus und schauete in das mit tausend Sonnen durchbrochne Weltgebäude herab, gleichsam in das in die ewige Nacht gewühlte Bergwerk, in dem die Sonnen wie Grubenlichter und die Milchstraßen wie Silberadern gehen. Und als Christus das reibende Gedränge der Welten, den Fackeltanz der himmlischen Irrlichter und die Korallenbänke schlagender Herzen sah, und als er sah, wie eine Weltkugel um die andere ihre glimmenden Seelen auf das Totenmeer ausschüttete, wie eine Wasserkugel schwimmende Lichter auf die Wellen streuet: so hob er groß wie der höchste Endliche die Augen empor gegen das Nichts und gegen die leere Unermeßlichkeit und sagte: ›Starres, stummes Nichts! Kalte, ewige Notwendigkeit! Wahnsinniger Zufall! Kennt ihr das unter euch? Wann zerschlagt ihr das Gebäude und mich? – Zufall, weißt du selber, wenn du mit Orkanen durch das Sternen-Schneegestöber schreitest und eine Sonne um die andere auswehest, und wenn der funkelnde Tau der Gestirne ausblinkt, indem du vorübergehest? – Wie ist jeder so allein in der weiten Leichengruft des All! Ich bin nur neben mir – O Vater! o Vater! wo ist deine unendliche Brust, daß ich an ihr ruhe? – Ach wenn jedes Ich sein eigner Vater und Schöpfer ist, warum kann es nicht auch sein eigner Würgeengel sein?« Allein in der Leichengruft des Alls, Umberer, würde ich den Hinterbliebenen auf den Weg mitgeben, damit sie vom ersten Glas Wein des

Leichenmahls an jede Sekunde auskosten, statt dessen und weil die grandiosen Paulanus-Briefe aus der Luther-Bibel ausgemerzt wurden, wollen wir mit Bruder Stäbli beten: »Gott, Geheimnis des Lebens, in der Stunde des Abschieds danken wir dir für das einmalige, unverwechselbare Dasein von Fritz Laubkäfer. Wir bitten um Vergebung für alles, was wir ihm schuldig geblieben sind. Gib allen, die um Fritz Laubkäfer trauern, wieder Mut zum Leben und eine lebendige Hoffnung auf die neue Schöpfung. Den Verstorbenen befehlen wir deiner vergebenden Liebe und Treue. Amen.« Habe ich, Ambros Umberer, für Peter Stirner anläßlich der Laubkäfer-Fritz-Abdankung erlauscht, weil ich ja Wurgissers Assistent im Zurechtrücken der unsäglichen Kranzschleifen bin, da heißt es in Trompetengoldlettern auf kardinalviolettem Band: Letzter Gruß, der Männerchor Quittigen. In besonders schweren Fällen, als ob ein Tod leichter sei als der andere, empfiehlt sich Psalm 34,19 und 42,6: »Der Herr ist nahe denen, die zerbrochenen Herzens sind, und hilft denen, die ein zerschlagenes Gemüt haben. Was betrübst du dich, meine Seele, und bist so unruhig in mir? Harre auf Gott; denn ich werde ihm noch danken, daß er meines Angesichtes Hilfe und mein Gott ist.« Und Paulanus sagt, daß Er nicht ist. Also nochmals 102 Franken Belügungsentgelt für jeden Hinterbliebenen.

An der Kirchgemeindeversammlung vom 3. Juli

1972, sehr geehrter Herr Generalweltkirchenratspräsident, war das landgotische Abgotteshaus mit dem Käsbissen – siehe Turmhelm-Käsbissen-Fehde – gestoßen voll wie bei der Abdankung einer Dorfpersönlichkeit, Wurgisser mußte die seitlich an den Bänken angebrachten Notsitze herunterklappen und Stühle aus dem Unterrichtszimmer im Sigristenhaus herbeischaffen, auf denen man angeblich nicht sitzen konnte, Stirner hat das ja beschrieben in den ersten beiden Quartheften von »Schilten«, Konrad, der Präsident, stand vor dem Abendmahlstisch aus Staffelegg-Marmor, Stäbli und Bommer zwängten sich in eine der Konfirmandenbänke, es drängte und puffte und mopste sich dicht bei dicht, sagen wir in seinem Namen die Hinter-, Ennet-, Außer-, Inner- und Aberschiltener, die Quittiger und Biberacher und Romberger Schildbürger, aber auch Bommers neuapostolische Kerngemeinde, in der Tat, da haben wir sie, die sektenhafte Abspaltung, die Schuricht, die Schoeck, die Steinegger, der Jauslin, der Kurattli, der Nötzli, ich, Umberer, gehörte damals noch nicht zum Inventar, kurz, eine Versammlung wie üblich in solchen Landgemeinden, Bezeichnung der Stimmenzähler, Verlesung des Protokolls durch Tschümperlin, solche Protokolle sind die fort- und fortgeschriebene Epik der Dorfvereine, Sätze mit Konstruktionen wie »sintemal«, »insonderheit«, »unerachtet dessen«, »traun fürwahr«, Bruder Stäbli, wie wir noch festhalten wollen, seine Erz-Jesulaner hinter sich, saß mit demütig schräggeneigtem Kopf, mit einem querachsigen Negerchen-Nicken in Permanenz neben dem bulligen Bommer, der, das wußten alle, zum Angriff übergehen würde, Stirner stand, von der multiplen Klerusose zerquält, zuhinterst auf der Empore, aber wie, wie sollte es ein Pastor anstellen, seinen Liebe-dich-selbst-wie-den-Nächsten auf samariterlich und charitatisch einwandfreie Weise rauszuekelen, es gab, wie die mannhafte Kirchenpflege versprochen hatte, kein Traktandum Pfarrhaus, hat auch später nie eines gegeben, damit die Immobilien-Cafeteria-Politik nicht aktenkundig würde, da prellte unter Verschiedenes und Umfrage der junge Birchmeyer vor, stellte sich in den Mittelgang, als wolle er die Kanzel stürmen, fuhr sich durch die steife Zuckerwasserfrisur, von Coiffeur Bommer zurechtgeschniegelt, und erhob die wehende Fahne des Protests, der neue Mieter Peter Stirner habe der Jungen Kirche den Pfarrhauskeller verboten, den sie eigens hergerichtet hätten – Sie lügen-lügen, rief Wunderlin dazwischen –, neues Leben müsse aus den Ruinen blühen etcetera-blaballera, eine der vielen Wohnungen in deines Vaters Haus sei besetzt etcetera-blaballera, Stirner behindere antichristlich und atheistisch die neuen Gemeindeaktivitäten, die Tot-und-was-dann-Gruppe etcetera-blaballera, es sei ihm, er stelle diesen Antrag, zu kündigen auf den 1. Oktober 1972.

Muß die Behörde auf einen solchen Antrag eingehen-eingehen, so mochte Wunderlin denken, während Tschümperlin schon mit der Feder krätzte, sie kann, aber sie muß nicht, Alois Konrad wiederholte die Vertragsgarantie von drei Jahren, stellte fest, daß in der Traktandenliste keine neuerliche Pfarrhausdiskussion vorgesehen sei, damit basta, Birchmeyer abgeschmettert, Stirner konnte für einen Augenblick aufatmen, aber Bommer ließ die Leinwand aufspannen, Wurgisser tat sich verquer damit, der Stammesapostel klopfte mit einem Stock lehrerhaft auf den Boden, das erste Dia erschien auf den Kopf gestellt, daran war nicht Wurgisser schuld, dann richtig, liebe Freunde, sagte Bommer, Brüder und Schwestern, ja, was für einen Hasen zauberte er diesmal aus dem Frack; ein anonym bleiben wollender Fabrikant – es waren Kurattli und Schuricht, diktierte mir Stirner später ins antiklerikale Gefechtsjournal – stiftete der Kirchgemeinde gratis und franko einen aus Fertigbauelementen bestehenden Jugendpavillon unter der Bedingung, daß die Gemeinde an diesem 3. Juli ohne Vertagung das Donatorengeschenk vom Himmel annehme und dem einzig möglichen Standort zustimme: dem Garten des alten Pfarrhauses, da müsse leider die hundertjährige Birke weichen, »aber fruchtbarere Bäume werden aus dem kargen Boden schießen«, Jesausia 17,3, Springbrunnen und Grotte müßten weichen, das Gartenhäuschen werde geschleift, wenn die Gemeinde jetzt und unter diesen Bedingungen nicht ja sage, verfalle das Geschenk, halten wir doch schnell fest, diktierte mir Stirner, Strafgesetzbuch, Artikel 181, Nötigung, wer jemanden durch Gewalt oder Androhung ernstlicher Nachteile oder durch andere Beschränkung seiner Handlungsfreiheit nötigt, etwas zu tun, zu unterlassen oder zu dulden, wird mit Gefängnis oder Buße bestraft, Gefängnis oder Buße-Buße, mochte Wunderlin denken, Nötigung, Herr Generalweltkirchenratspräsident, nicht ein Wanderprediger, nicht ein Zigeunerbaron, nicht ein Parfumvertreter, nicht ein weißbehaarter Gorilla, ein Erpresser, ein Verbrecher, Artikel 181, und während der Schuppen fix und fertig auf der Leinwand glänzte, war es schon beschlossene Sache, 90 Ja-Stimmen, 65 Nein-Stimmen, nur Wurgisser, der Gerade, der Senkrechte, sagte Stirner beim Verlassen der Kirche, pflegen Sie Ihren Garten wie bisher, es ist in Starrkirch noch nichts so heiß gegessen worden, wie es gekocht wurde;

der letzte Schlag wurde von der Gemeinde pariert, die Einrichtung eines Sekretariats zur Entlastung der Pfarrherren – wovon wollen sie denn noch befreit werden? – im Parterre des alten Pfarrhauses wurde hoch verworfen, Sieg der Stockquittiger über die Biberacher Neuapostolischen, dessen ungeachtet-ungeachtet stand eine Delegation mit Konrad, Wunderlin, Tschümperlin und der Lismerschen eine Woche später vor der Haustür des Bruchsteinschreins und flehte vor der klassizistischen Mittelachse, eine Hortensie links, eine Hortensie rechts, förmlich darum, das demokratisch abgelehnte Sekretariat einrichten zu dürfen, der Souverän hatte gesprochen, aber Bommer und Stäbli drohten mit Kündigung, also nochmals Erpressung, diese Starrkircher Verbrecher, also lenken Sie doch ein, Herr Doktor, d'Mäinig isch, nur ein Provisorium bis zur Fertigstellung von Stock, Frau Traudl Hächer, die Schüpfer Elvyra in »Schilten« – ja, so paradox es klingt, den Paffioso-Nötigungen verdankte Stirner Romanfiguren –, sei doch wahrlich keine Ungerade, die mache keinen Lärm, man schaffe ja eine vollelektronische Schreibmaschine an-Schreibmaschine an, die teuerste, die es gebe, man zeterte vom Gang mit der landarztpraxishaften weißgestrichenen Windfangtür ins Sitzungszimmer, ins Sälgen mit dem Harmonium, wo Stirner den Deckel aufklappte, die Expression zog und einen ablehnenden Tritonus spielte, den Diabolus in musica, zeterte wieder auf den Gang hinaus, in den Windfang, vor die Tür, zwischen die Hortensien – o ihr verwaschenes Löschblattviolett –, zwischen die Sophoren, auf den Sigristen-Vorplatz hinüber, Stirner immer vorausfuchtelnd, zuerst den Kurattli-Schuppen, die Zerstörung des Gartens, meiner Naturwerkstatt, jetzt noch das Sekretariat, bald die Sonntagsschule im Sälgen, doch er hatte einen Geistesblitz, und nun merken Sie auf, Herr Generalweltkirchenratspräsident, denn nun schlägt die Stunde Umberers, und das heißt, der Stein wird ins Rollen gebracht, der letztlich Nathanael Schmuhel zum Verhängnis wurde, Stirner lenkte ein unter der Bedingung, daß mir in Starrkirch ein Amt und ein Quartier angeboten würde, Ambros Umberer aus der Schwefelhütte im Löchli, wir handeln jetzt hier und heute den Umberer-Vertrag aus, ich will, da die Kirche den einzelnen dem Herrn zuliebe veruntreut, für einen bestimmten Menschen sorgen und verantwortlich sein, Wunderlin repetierte und respondierte, die Lismersche jubelte, Tschümperlin wippte mit der Fehlfarbe zwischen den Lippen, Konrad nörzte hervor, d'Mäinig wär de scho, Umberer, wiederholte Stirner wie Amboßschläge, der Stotterer und Polterer, und ich will sein Vormund werden, sein Universalmäzen, so daß, Herr Generalweltkirchenratspräsident, meine Abfall- und Schwefelschnittenexistenz als Kartoffelschnapsleiche im feuchten Keller im Löchli, unweit der Cheibenstadt, an diesem 10. Juli 1972, an Peter Stirners 30. Geburtstag, ein Ende nahm und ich kraft folgenden Vertrags nach Starrkirch berufen wurde: Erstens, Ambros Umberer, Hansen-Hansen-Hansruedi-Heinis im Lätt, erhält ab sofort Unterkunft in Starrkirch, als Provisorium ist das Pfarrzimmer, das nie benutzte, in der Leichenhalle vorgesehen; zweitens, Umberers Pflichtenheft sieht vor: Hilfstotengräberei, Zerschlagen der alten Grabsteine mit dem Vorschlaghammer, Ausgraben der Stellriemen, Kehren des Vorplatzes mit dem Roßbesen, Notenwenden als Orchesterdiener Silberschmidts, Treten des Reservebalges, wenn der Motor ausfällt, Stellvertretungen des Sigrists, Einläuten bei Hochzeiten, Zur-Hand-Gehen beim Abendmahl, etcetera; drittens, Umberer genießt den Status einer geschützten Friedhofpflanze, ist also den Scheinzypressen, den Koniferen gleichzustellen, was immer das heißen mag; viertens, Umberer geht als Wigger in Dr. Peter Stirners Roman »Schilten – Schulbericht zuhanden der Inspektorenkonferenz« ein, wofür er mit sogenannten Modell-Informanten-Tantiemen entschädigt wird, den übrigen Unterhalt bestreitet die Kirchgemeinde, 12000 Franken jährlich im Minimum; fünftens, administrativ ist Umberer Wurgisser unterstellt, vormundfreundschaftlich Stirner, gegeben am 10. Juley anno neunzehnhundertzweiundsiebzig im alten Pfarrhaus zu Starrkirch. Soweit der Umberer-Vertrag, Herr Generalweltkirchenratspräsident, wobei ich von den 12000 Franken, wie gesagt, nie einen Rappen gesehen habe, aber es lebte sich unter Stirners Schutz und Schirm gut genug, darf ich Psalm 23,1 so abwandeln: Der Herr war nicht mein Hirte, und dennoch mangelte mir nichts?

Als ich nach Starrkirch kam und den siechen Stirner täglich mit Bärlapp und Katzenpfötchen versorgte, er mich dafür mit Villiger Stumpen, legte sich fürs erste die Schildknechtsche Krankheit, die Krähkamp als topographisch bedingte Gottesvergiftung und Pfaffia-Scheintotenstarre diagnostizierte, als Chilichapathie, als Totstellungsreflex gegen die Einzugsquerelen, denen ja zentralsymmetrisch die Kündigungsquerelen entsprechen, es gab den Pfarrhauseinquartierungs- und den Pfarrhausausquartierungs-Skandal, Alois Konrad wurde magenkrank, Wurgisser mußte sich die Kröte im Hals operieren lassen, »i wil's verwurge«, nur Wunderlin schritt weiter kerzengerade, als hätte er einen Besen im Rücken, zur Predigt, passierte als letzter den Mittelgang, wenn Stäbli schon angehoben hatte: »Christus spricht: Selig sind die geistlich Armen, denn ihrer ist das Reich der Himmel«, wovon Umberer allerdings nie was spürte, der ganze Segen der kirchlichen Arbeit scheiterte kläglich am Gespann Stirner/Umberer, kläglich, sage ich, an uns erwies sich das ganze Starrkircher Landessektentum als Lügengespinst, wobei ich niemandem den Glauben rauben will, Herr Generalweltkirchenratspräsident, ich spreche hier immer nur ausschließlich von Starrkirch, freilich bin ich der Meinung, d'Mäinig isch, daß sich der Starrkircher Gott bei der Kreuzigung als Sadist erwies, daß er »in den Hohlräumen sozialer Ohnmacht und Unwissenheit« und Lebensuntauglichkeit blüht, Mosianus 23,2, daß die Erbsünde ausschließlich bei ihm liegt, Mosianus 24,23, daß unser Starrkircher Gotteshaß freilich ein Gewand ist, »das sich keiner gern anzieht«, Mosianus 31,6, »weil ich dir nie in die Augen sehen konnte, habe ich nicht gemerkt, daß du tot bist«, Mosianus 34,20, und ich sage mit Jesausia 81,15: »Lasset die Toten ihren toten Gott verehren.«

Nun, o Wunder, auch du des Aberglaubens liebstes Kind, auf die Dauer erwiesen sich die Stockquittiger und Stockbiberacher Kirchenpfleger als zäh und unbeugsam, der Bommersche Ansturm versandete zwar nicht gerade, aber man bot dem Stammesapostel Paroli, die Baugenehmigung für den Kurattli-Schuricht-Schuppen, im Volksmund Ku-Schu genannt, wurde zwar erteilt, aber nicht für den Pfarrhausgarten mit seinen einmaligen botanischen Lebewesen, sondern für ein Gelände hinter dem Schulhaus, wo er der Pfaffia nichts nützte, denn dort schadete der Rock-Lärm Stirner nicht, und was Stirner nicht schadete, »wollte die Gemeinde nicht«, die Tot-und-was-dann-Gruppe, die Abendmahls-Einzelbecherchen-oder-Gesamtpokal-Gruppe, die Missionsbazar-Gruppe, die Suppen Sonntags-Gruppe, die Silber-Gruppe, die Mit-dem-Postauto-im-Dreiklang-in-den-Gottesdienst-Gruppe, die Kirchenkaffee-Gruppe, die wieder einmal neu ins Leben gerufene Käsbissen-Spitzhelm-Gruppe, alle diese erzjesulanischen oder neuapostolischen Sekten-Höckeler, die einen abgewetzten Hosenboden hatten und – mit welchem

Recht eigentlich – auf die Siebenten-Tags-Adventisten und die Pfingstler und die Zeugen Jehovas hinunterblickten, nahmen nun das Säli-Angebot, wo inzwischen ja auch das Sekretariat eingerichtet worden war, demonstrativ nicht mehr wahr, sie rotteten sich im Unterweisungszimmer oder privat zusammen, um dergestalt die himmelschreienden Raumforderungen zu ertrotzen;

nun, es gibt, diktierte mir Stirner am Harmonium ins antiklerikale Gefechtsjournal, eine Erklärung für diese scheinbare Ruhe vor dem Sturm, denn alle Augen, alle Hoffnungen richten sich auf Stock, Bommer hat, wiewohl ihn Stock nichts angeht, einen Nachtragskredit von 110000 Franken herausgeschunden zur Vergrößerung des Kirchgemeindesaales, 220 statt nur 160 Personen, drei Cheminée-Räume statt nur zwei, die Baukommission, so Stirner, tagt fast permanent, es müssen Bodenplättli, Vorhangstoffe, Tapetenmuster, Badezimmerkacheln, Toilettenhahnen, Chamott-Steine, Garderobenhaken ausgesucht werden, Starrkirch wohin, nach Stock, die Stock-Parusie, Herr Generalweltkirchenratspräsident, die Evangelische Landessekte hat wieder einmal ihre Immobilien-Selbstbefriedigung und ist voll ausgelastet und somit für verbrecherische Gaunereien in Richtung altes Pfarrhaus wie gelähmt, Bruder Stäblis nie abgestorbener Kaufmannsgeist darf sich im Berechnen von Zimmermanns- und Sanitär-Aufträgen bewähren, er sieht nur noch Schwalbenschwanzverblattungen vor sich, Stäbli bändelt mit dem sonst verachteten Wurgisser an, indem er von Scherzapfen und schrägen Hakenblättern schwärmt, plötzlich weiß er, was ein Krösel ist, was Feltbase, Stragula, Balatum, Linoleumkitt in der Tapeziererfachsprache, in den Gottesdiensten wimmelt es von Haus-Zitaten, »geh in die Arche, du und dein ganzes Haus«, 1 Mose 7,1, »damit sie mich in ihre Häuser aufnehmen«, Lukas 16,4, Bommer, der in alles dreinschnorrt, ist an der Westfront festgebunden und muß die Pfarrhaus-Ostfront vernachlässigen.

Hier darf mit aller gebotenen Zurückhaltung, mit dem Dämpfpedal sozusagen gefragt werden, was wollen, was sind die Neuapostolischen um Bommer – über Stäblis Erjesulaner kann man ja das Wissenswerte in »Schilten« nachlesen –, nun, die Geschichte der Neuapostolischen Kirche läßt sich nach der Amtszeit der einzelnen Stammapostel einteilen, 1895 bis 1905 Stammapostel Krebs, 1905 bis 1930 Stammapostel Niehaus, 1930 bis 1960 Stammapostel Bischoff, dann die Stammapostel Schmidt, Streckeisen und Urwyler und eben Bommer, nach neuapostolischer Ansicht sind die richtige Auslegung der Heiligen Schrift und die Erkenntnis göttlicher Wahrheiten nur durch das Stammapostelamt möglich, ebenso können Gottes Heil und Gaben nur durch das Oberhaupt empfangen werden, die neuapostolische Kirche gilt als Gottes Erlösungswerk in unserer Zeit, die Bedeutung der Apostel sehen die NAP's in einer besonderen Verbindung, im roten Draht mit Christus begründet, Christus ist ausschließlich im Apostel am Werk, durch die Versiegelung mit Handauflegung verleiht der Apostel, und nur er, dem Gläubigen den Heiligen Geist und damit die wahre Gotteskindschaft, die Versiegelung, von Bommer nur in Gruppenräumen gewährt, gilt neben Taufe und Abendmahl als drittes Sakrament, deshalb nennt man die Anhänger auch die Dritt-Sakramentisten, Zeitschriften etwa »Wächterstimme«, »Christi Jugend« und »Der gute Hirte«; wie sollte denn ein Laie – und wie die Zauberer sagen die Pfarrherrn »to fool the audiance«, das Publikum für dumm verkaufen – eine neuapostolisch eingefärbte von einer normalen Predigt unterscheiden können, Umberer erwähnt noch die holländische »Gemente van Apostolische Christenen«, gegründet 1946, der Bommer-Nachfolger van Doelen nahestand.

So ging, wenn wir nun die fünf Stirner-Jahre vom Einzug ins Pfarrhaus bis zum Selbstmord betrachten, die Einzugsquerele in die Stock-Ruhe über, und mein Mäzen und Vormund konnte ernsthaft und endlich mit der ersten Fassung von »Schilten« beginnen, das Unternehmen ist das heikelste, erklärte er mir und Wurgisser in der Totengräberwerkstatt zwischen Sargnägeln, gerömerten Kränzen und der Spruchband-Glättemaschine – dessen ungeachtet wellen sich diese Männerchor- und Schützenvereins-Schleifen immer in der Grabnässe –, ich muß einerseits die Architektur von Schilten herunterholen nach Starrkirch oder mich, was auf dasselbe hinausläuft, von Starrkirch aus nach Schilten hinaufhalluzinieren, Realien und Irrealien ineinander verschneidend, anderseits die zum Teil in Quittigen, Biberach und Romberg geliehenen Figuren, etwa Posthalter Friedli oder Sie, Wurgisser, so behandeln, als wären es dortige – und er zeigte mit dem Finger gegen Süden in die Molassetäler –, hier mit ihnen werkstattmäßig umgehen, dort mit ihnen leben, noch komplizierter, von Menzenmang die Waschküche demontieren und in Schilten neu installieren, um mit der hiesigen Schüpferin menzenmänglich inspirierte Dampfunzucht gerade hier im Sekretariat, und nicht in Schilten, zu betreiben; ahbah, pflegte Wurgisser zu sagen, »Underem Nußbaum a dr Schällebrugg / Streckt en Ma di müede Wanderbäi«, Poesie war für ihn Paul Haller, »Frä Gluggere, Frä Gluggere«, Poesie mußte vom Weißt-du-noch-Firnis umgeben sein, er hat, was mich zutiefst betrübt, diktierte mir Stirner, meine Heimarbeit nie ernstgenommen, ich aber seine Totengräber- und Sigristenarbeit, die Tragik eines Poeten unter den Wurgissern besteht darin, erst als Tote rezitiert zu werden, können sie vom gewesenen Dichter alles auswendig, so vom anwesenden nicht eine Zeile, so kann ich aber, meinte Stirner, werkstattmäßiger an Wiederkehr schnitzen, an dir, Umberer, um so tiefer schnitzen, als du ja ein knorriger Strunk bist, ein Stubbenphänomen, Schildknechts Kampf dort gegen die immer nebuloser werdende Inspektorenkonferenz auf der einen, gegen die Friedhofschwerkraft auf der andern Seite ist mein Kampf hier gegen die Pfaffia und gegen den Sog des mittelalterlichen Kirchhoflätts, die hiesigen Raum- und Landschaftszwänge hic et nunc erfahren und als dortige inszenieren, kurz, den Kompaß erfinden, der, wie es im »Zwanzigsten Quartheft« heißen werde, die Richtung zwischen Wahn und Wirklichkeit anzeige; was ich in Schilten laut sage, gewissermaßen mit dem Telefonordonnanzen-Megaphon in die Landschaft hinauspölke, dürfte ich hier in Starrkirch nur sourdiniert äußern, oder besser gar nicht, mundtot hier, dafür dort ein ganzer Sprachorganismus, entsteht der geringste Verdacht, daß mit den Schildbürgern von Schilten die Schildbürger von Quittigen, Romberg, Biberach gemeint sein könnten, werde ich wegen Störung der Kultusfreiheit, STGB Artikel 261 folgende, verzeigt: »Wer öffentlich und in gemeiner Weise die Überzeugung anderer Glaubensgenossen, insbesondere den Glauben an Gott, beschimpft oder verspottet...« – Gott verspottet, wer den Spott vergottet – »wird mit Gefängnis bis zu sechs Monaten oder mit Buße bestraft.« Hinzu käme Artikel 262, Störung des Totenfriedens; ich lebe also, indem ich »Schilten« in

Starrkirch schreibe, sehr gefährlich, ständig am Rande des Selbstruins, ich spreche zwar von Bruder Stäblis Erz-Jesu-Gemeinde, meine aber tatsächlich die Evangelische Landessekte, meine Bommers Kerngemeinden.

Warum denn ein Schriftsteller, fragte Wurgisser zwischen zwei Holundern, er verstehe ja zwar nichts von der Materie, aber trotzdem, warum denn ein Schriftsteller nicht grädiuse sage, was er meine, dem sei so, erwiderte Stirner, der Schriftsteller wisse nie genau, was in seinem Keller los sei, er merke nur, daß etwas los sei, er erfahre, was er sagen wolle, erst im Schreibprozeß, und grädiuse heiße dann eben um sieben Ecken herum, Starrkirch wäre nicht das Wahre, Schilten nicht das Wahre, Menzenmang nicht das Wahre, aber das Amalgamat Starrkirch-Schilten-Menzenmang sei der geometrische Ort des Wahren, das größer sei, stärker sei als er, das Genaue oben, das Mächtige unten, der Landvermesser und sein Schloß, wobei es seltsam ist, sagte Stirner, wenn ich ins Sigristensäli hinüberkomme, rieche ich haargenau die Schiltener Turnhalle, ihren Leder-Kreide-Mief, ich kann zurück ins Birken-Sophoren-Zimmer gehen, eine Zigarre anzünden und den landcircensischen Geruch einer Turnhalle beschreiben, dabei ist die Havannawürze eine ganz andere als das Sigristenbodenwachs-Odium, dieses wieder ganz anders als der Turnschuhschweißgeschmack in Turnhallen; ich kann sonntags in der Kirche sitzen und höre nicht Silberschmidts Orgel, sondern das Harmonium im Dankensberg, höre nicht den Sermon Stäblis, sondern die Salbungsworte Bruder Sagers, eine dichterische Wirklichkeit wie diejenige »Schiltens« gewinnen, heißt, Starrkirch in oblatenhafter Transparenz erfahren, je fester die Sprache, desto dünner der Boden; ahbah, murrte Wurgisser und zerpflückte einen Kranz, Haller hat nie söttigs geschwafelt, war kein Söttiger, hier, nehmen Sie Holderebrönz;

indem ich vom Estrichausguck aus zuschaue, wie Sie ein Grab schaufeln, Wurgisser, und wie Umberer Ihnen wie die Assistentin einem Zahnarzt die Werkzeuge reicht, wie Sie Umberer bald verscheuchen, bald herbeikommandieren, erst dadurch wird, was draußen geschieht, Wirklichkeit, denn Sie hacken für mich und pickeln in Schilten, Wiederkehr ist wahrer als Wurgisser, Wigger echter als Umberer, so wie die ausgestopfte Eule echter ist als die zufällige im Wald, in meinem Kosmos, sehen Sie, gibt es keine Willkürlichkeit, da wächst nicht plötzlich eine Primel, wo sie nicht hingehört, aber um diesen Zustand der Transparenz zu erreichen, muß man wie in einem Roman leben, im wahrsten Sinne romantisch, Wurgisser, haben Sie eine Ahnung von der deutschen Frühromantik; ahbah, dummes Zeug, wenn ich ein Grab schaufle, beginne ich um sieben Uhr früh und stoße zur Zöbelizeit auf die Vorleiche, dann bin ich schon einssechzig tief, wenn die ersten violetten Knochen zum Vorschein kommen; glauben Sie an die Auferstehung, Wurgisser, Sie Beinbrecher, Sie Schädelzertrümmerer, Sie Beckenknochenwüterich, ich habe an meiner Konfirmation anno zweiundvierzig das Glaubensbekenntnis abgelegt, damit können Sie die Frage für beantwortet halten, wie man in den Wald ruft, so tönt es zurück;

Wurgisser, nid i wil's verwurge, denken Sie an die Halsoperation, all das, sehr geehrter Herr Weltkirchenratspräsident, darf nur der Stotterer und Polterer Umberer frei heraus sagen, alles in der Totengräberwerkstatt unter Verschluß Gehaltene frei heraus, weil ich ein Mörder bin und bereits sitze, die beste Abwehr einer Krankheit ist, so umfassend krank zu sein, daß kein Detailleiden mehr Platz hat im Körper, nur der Zellenhäftling ist der Maulkorbbefreite, wenn man einen Pfaffen von der Alabaster-Schein-Kanzel abgeknallt hat, schwarz sechs, sind einem endlich die Hände nicht mehr gebunden, deshalb führe ich nicht nur Wigger auf Umberer, die Hächer auf die Schüpferin oder umgekehrt, Wiederkehr auf Wurgisser oder umgekehrt, sondern Schilten auf Starrkirch zurück, Starrkirch auf die Evangelische Landessekte, die Evangelische Landessekte auf das Leichenall, wo kein Gott ist, wie der tote Christus verkündet hat, deshalb nenne ich die Pfarrer Verbrecher, Falschmünzer, Masochisten;

um so gefährlicher lebe er, Stirner, in Starrkirch, als ihm Doktor Krähkamp von Romberg die Arbeit an »Schilten« strikte verboten habe, dieses Rechenschaftsgesuch eines zutiefst rechtsverletzlichen und -empfindlichen Menschen wirft Sie immer wieder in den Scheintod zurück, ums Verrecken, was ich wörtlich meine, so Krähkamp eines Nachts in Stirners Bett, hier, wo das Grundwasser von den vielen Erdbestattungsleichen verseucht ist, wo die reinste Gottesvergiftung herrscht, schlimmer als die Tollwut, durch keinen Sägemehlteppich, durch keinen Drudenfuß zu bannen, wollen Sie genesen, wer mit dem Teufel aus einem Topf essen will, braucht einen langen Löffel, nehmen Sie sich doch ein Beispiel an Paul Haller, vier Jahre habe er es ausgehalten in Starrkirch, bis ihm das Predigen, das Vorbildsein, das starke, leuchtende Christentum immer schwerer gefallen sei, dann sei der Selbstmord programmiert gewesen, verzögert durch eine kurze Lehrerkarriere, er, Stirner, nenne aber die Pädagogenexistenz eine milde Form des Suizids, des schleichenden Selbstentleibungsaktes, Sie halten das Pfarrhaus wie eine Festung, weil es Ihnen »Schilten« erschließt, verlassen Sie diese Stätte, treten Sie aus der Kirche aus mit Pauken und Trompeten, veröffentlichen Sie den Starrkircher Bommer-Stäbli-Skandal, als Exkommunizierter von eigener Hand, dann brauche ich Ihnen kein Zyankali zu verschreiben, verschreiben Sie sich die Freiheit, statt sich kaputtzuschreiben, und Sie werden gesund, diktierte mir Stirner im Kohlenkeller ins antiklerikale Gefechtsjournal, Herr Generalweltkirchenratspräsident.

Obwohl Umberer ein elender Stotterer, Verböserer und Solözismen-Radebrecher ist, ein Stock-Rotwelsch-Labberer, was das Mündliche betrifft, nicht ganz hell auf der Platte, hat er in den fünf Starrkircher Jahren von seinem Freund und Förderer gelernt, daß ein Schriftsteller kein vernünftiger Mensch ist, daß er sich auf die Haut brennt, was er sich von der Seele schreibt, daß er sich selbst oft der Verbalinjurien bezichtigt, daß er sich ständig nach juristischen Kriterien sehnt, Not kennt kein Gebot, er will sich ständig rehabilitieren, jemandes Sache führen, vertreten, verfechten, gerade als Angefochtener, Beobachten ist eine Form der Notwehr, von Rechts wegen ist seine Formel, in dubio pro reo, mit Fug und Recht, nach dem Buchstaben des Gesetzes, nach Recht und Billigkeit, Legitimität erlangen, Recht bekommen und behalten, im Recht sein; womit sieht er sich aber konfrontiert, mit Gewalt, die vor Recht ergeht, mit der Lynchjustiz, mit Bestechlichkeit, Hohnsprüchen, die dem Gesetz ins Gesicht schlagen, mit Anarchisten, Bundschuhen, Fememördern, Willkürterroristen, Schleichhandel, Gotteswortfrevel, Despotismus, mit dem Faustrecht gerade in der Kirchenhierarchie, gerade im Klerusbereich, schreiben, so Stirner, heiße Gerichtstag halten, gegen das Jüngste

Gericht prozedieren, aber, wandte ich ein, Sie verprozessieren Hab und Gut, Leib und Seele, man muß klagbar werden, so er, und Doktor Krähkamp faßte seine Diagnose wie folgt zusammen: er will um alles in der Welt im Recht sein, dieser Justizirrtum eines Menschen, er will die Rechtfertigung und erschreibt sich die brandmarkende Selbstächtung, er geht, literarisch, verstehen Sie, Umberer, vor Bundesgericht, und sie werden wider ihn zeugen, den Meineid sprechen und ihn für dreißig Silberlinge verkaufen, und seine Tragik gleicht der des Selbstmörders, der erst als Leiche ernstgenommen wird, er bräuchte eine Juristin als Frau, seine Therapie wäre eine mit allen Wassern der Schönheit gewaschene Jurisprudentin; nein, sagte er dazu und berief sich auf Kafka, Junggeselle sein, rein bleiben, alles was ich erreicht habe, verdanke ich meinem Alleinsein, ich bleibe Einspänner, Solitär, nur so kann ich Stäbli auf die Finger schauen, wenn er verkündet, man müsse dir, Umberer, die rechte Speise geben, wie der »Haushalter dem Gesinde seine Gebühr«, Lukas 12,42.

Was, zum Teufel, predigte denn Stäbli etwa der Tot-und-was-dann-Gruppe und in der Kirche? Der Sigrist hatte laut Gewohnheitsrecht einen Sonntag im Monat frei, dann mußte, durfte, konnte, wollte, sollte Umberer einspringen, Umberer das Vor- und Einläuten besorgen, Umberer die mürbledernen Gesangbücher zur Verteilung bereithalten, Umberer die Tür hinter Wunderlin, dem stets letzten, schließen. Einerseits konnte man den Kirchgängern, die keine Gehenden mehr waren, denn sie wurden ja per Bus abgeholt, nicht mehr als einmal im Monat einen verjästen Clochard zumuten im verplätzten, wergigen Sonntagshabit aus der Garderobe des Ohmgeldners, anderseits Wurgisser nicht viermal hintereinander die verseuchende Rede, was immer der Sigrist oder Reservesigrist tut oder läßt, er ist der malefizierenden Predigt ausgesetzt, ob er sich nun bierschwer in der Sakristei, der Mörtelkammer der Kirche, oder auf der Empore in Orgelnähe herumtreibe. Für das antiklerikale Gefechtsjournal habe ich mir Bruder Stäblis Worte vom 16. März 1973 gemerkt: »Wundere dich nicht, wenn du« – er duzte seine Brüder und Schwestern – »bevor du den Geist empfängst, noch eine furchtbare Enttäuschung durchmachen mußt. Wenn Kinder Gottes nach langen Jahren in der Nachfolge Christi denken: Nie mehr gehe ich von Jesus weg, dann ist merkwürdigerweise gerade die Stunde der Anfechtung gekommen, in der es erst recht auf Biegen und Brechen geht. Hätte Jesus da nicht für jedes unter uns gebetet, wir würden nicht nur fallen, sondern überhaupt nie mehr aufstehen können. O Gott! Mein Herz erlahmt im Kampf« – im Kampf um das Pfarrhaus, um den eigenen Wohnkomfort erlahmte es nie – »zeige mir, was mir noch fehlt! Verleihe mir wahre Buße und Reue und laß mich nicht versinken. Es muß ja doch sein, daß du mir dein Antlitz wieder enthüllst. Ich kann ja ohne dich nicht leben. Es kommen immer wieder Zeiten, da die innere Not alle Tragkraft zu übersteigen scheint. Und doch ist alles, aber auch alles abgemessen. Lasse dich nur täglich von deinem Heiland leiten und hüte dich vor dem Grübeln.« Dazu paßt wunderbar die Liedstrophe: »Schwing dich auf zu deinem Gott,/ du betrübte Seele!/ Warum liegst du Gott zum Spott/ in der Schwermutshöhle?« Dazu sagt Mosanius 68,3: »Es hilft nicht wirklich gegen eine Depression, sondern intensiviert nur das Beten und die Schuldgefühle.«

Hand aufs Herz, Herr Generalweltkirchenratspräsident, das klingt, sobald man es außerhalb der ursprünglich romanischen Kirchenmauern hört, nach religiös verbrämtem Wahnsinn, nach Königsfelden mit ihm, nicht nach Stock, angehörs solcher Irrede muß der Hilfssigrist von Glück reden, wenn er nicht mitten in der Häresie aus Versehen das Läutwerk einschaltet oder den Strom für die Orgel abstellt oder mit Gesangbüchern um sich schmeißt oder wie Marat in seiner Wanne zu Charenton salzsäurige Sprechgesänge verspritzt: »Wenn man in solchen Zeiten nicht mehr beten kann, gibt es nur das eine, daß wir unsere Krankheit kindlich und einfältig vor Gott bekennen und mit David bitten: ›Herr, sei mir gnädig und heile meine Seele‹«, Psalmen 41,5. Ja, krank, krank, krank sind sie alle, aber nicht kindlich, sondern kindisch, und nicht einfältig, sondern christodebil. Eine einzige Stäblipredigt, sehr geehrter Herr Generalweltkirchenratspräsident, hatte zur Folge, daß sich Umberer zwei Tage in der Leichenhallenloge verkroch und seelisch erholen mußte. Da war immer die beste Medizin eine Erdbestattung, um sieben Uhr raus, die Rasenziegel abstechen, dies war mir überlassen, dann den Lätt aufpickeln, schachten, schachten, schachten, einsachtzig tief, Wurgisser und ich, wir lösten uns ab, um neun Uhr brachte uns Frau Wurgisser eine Mehlsuppe, ab und zu ein Schluck Brönz aus dem Fläschchen, wir wüteten und berserkerten, über uns die Krähen, die Friedhofwappenvögel, die das Aas witterten, und oben am Estrichfenster mit den Augenlidjalousien stand Stirner und schaute uns zu, um uns abends in der Sigristenküche, wo wir vollkommen verkrustet und umbeint beim Kaffe Luz saßen, die Sätze vorzulesen: »Die Aushebung eines Erdbestattungsgrabes erfordert sowohl Wiederkehrs ganze Kraft als auch unsere ganze Aufmerksamkeit. Ein Loch wird aufgerissen, ein Mensch verscharrt. Angesichts solcher Realitäten kann auch ein diktierwütiger Schulmeister nicht einfach zur Tagesordnung übergehen. Am Grabtag ist Wiederkehrs Rhythmus unser Rhythmus, diktiere ich den Schülern ins Generalsudelheft. Er schaufelt, wir zählen die Schaufeln.«

Ich erinnere mich noch genau an diese Stelle und

an dieses Gespräch hier im Brugger Käfigturm, Herr Generalweltkirchenratspräsident, es timberte schon draußen, die Silhouette der Kirche sank in die Dämmerung zurück, bürgerliche Dämmerung, da sagte Stirner: Ich habe den größten Respekt vor eurem Handwerk, was ihr heute in neun harten Stunden geleistet habt, damit übermorgen der Schnyder Franz versenkt werden kann, ist unerhört, eigentlich die einzige zulässige Form von Abdankung, es ist Arbeit, die zum Tragen eines Klappmeters berechtigt, es ist Arbeit, die hundertmal besser entlöhnt werden müßte als das Geschwätz der Kohlensäcke, es ist Arbeit, die euch adelt, Ludwig Hohl, einer, der im Keller haust wie du, Umberer, sagt: »Alles, was wir handeln, muß, wenn es Wert haben soll, vom Betrachtungspunkt der Kürze unseres Lebens aus gehandelt sein... Es ist aber etwas tun und solches Tun – eigenes Tun, zu dem dich nicht fremde äußere, sondern innere Gewalten nötigen –, das einzige, was Leben gibt, was retten kann. Solches Tun nenne ich Arbeiten.« Und ich, der Doktor der Philosophie, der Schriftsteller und Pfarrhausverweser, steuere nur ein paar armselige Sätze bei, ihr habt die Müdigkeit in den Knochen und wißt, was ihr getan habt, ich weiß im Grunde nie, woran ich bin. Und wenn wir so selbdritt zusammensaßen und in unseren Kaffeegläsern rührten, waren wir eine konspirative Verschwörung der Erde gegen das Wort. Ja, auch ich, sagte Stirner, sitze auf eurer Seite, gegen das Wort, und weil ich im Grunde gegen das Wort bin, muß ich hunderte nach ihm schleudern. Und er bat, den Klappmeter auseinanderfalten zu dürfen.

Nie in der Ära Stäbli-Bommer, nie in der Ära Wermelinger-Schmuhel – van Doelen ist die löbliche Ausnahme – ist ein Schwarzrock in der Sigristenküche gesessen und hat auch nur ein humanes Wort von sich gegeben. Wir diskutierten die Frage, warum Kerngemeinden, warum Stündlergruppen. Stirner, im Sektenwesen beschlagen, klärte uns auf. Seine Friedhofgroßmutter in Menzenmang, die ihn nach der Predigt am Sonntagmorgen in die Nachmittagsandacht auf dem Dankensberg mitgenommen habe, sei eine von denen gewesen, die »ein bißchen mehr brauchten«. Da die Pfarrherren den einen großen Raum, den sie haben, die Evangelische Landessektenkapelle, nie voll bringen, da sie in der Tat die Orgelpfeifen, die Balken und die Bänke anreden, sehnen sie sich nach Absplitterung, Zellenbildung, da ist ihnen ein Zimmer im alten Pfarrhaus mit zwölf Worteigenen lieber als ein dreiviertelleeres Kirchenschiff. Gruppendynamisch richtig gedacht, wenn nicht, im Gegensatz zur fachlich geleiteten Gruppentherapie, die Lebensuntauglichkeit gelehrt würde. Mosanius 57,7 über Gott: »Das ist ja das schlimme Geheimnis an dir, daß alles nur Verweisung ist auf etwas großartig Unwirkliches«. Nehmen wir die Gruppe Tot-und-was-dann, in der die steinreiche Biberacher Baulandfresserin, die Pfeuti sitzt, eine Kriemhild von einem Weibsbild mit zwei germanischen Zöpfen. Was erwartet die Pfeuti von Stäbli, eben »ein bißchen mehr«, daß er sie die Sünde des Reichtums und des habgierigen Landbesitzes lehrt. »Wenn nach 1. Korinther 1,30« – Tot-und-was-dann-Protokoll vom 5. Juni 1972 – »Christus deine Erlösung geworden ist, wenn er dein innerstes Selbst ans Kreuz gebracht hat, wenn die Eigenheit in dir gestorben ist, dann hast du nur noch Brüder und Schwestern um dich her, dann bist du durch das Kreuz in die Vereinigung mit dem Vater geführt. Wenn dein unterster Herzensgrund nur noch will, was Gott will, bricht der Tag an in deinem Herzen und du bist mit Gott eins geworden. Nach und nach wird dir alles abgenommen« – was primär pekuniär zu verstehen ist – »und du wirst ganz in die Freiheit versetzt. Die Züchtigungen Gottes treffen immer so, daß wir im Innersten versagen. Sie treiben dich, zu bitten: Die Verdorbenheit liegt in meinem innersten Selbst. Herr, gib mir ein neues Selbst. Befreie mich von den Zinseszinsen. In diesen tiefen inneren Demütigungen erkenne ich, daß ich nicht nur ein Sünder, sondern daß ich die Sünde bin. Wer die Entscheidung traf, den schmalen Weg zu gehen, befindet sich immer entweder in Römerbrief 7 oder in Römerbrief 8. Bald heißt es bei ihm: ›Wollen habe ich wohl. Aber das Vollbringen des Guten finde ich nicht. Ich elender Mensch! Wer will mich erlösen von dem Leibe dieses Todes?‹, bald wieder: ›Ich danke Gott durch Jesus Christus. So ist nun nichts Verdammliches an denen, die in Christus Jesus sind, die nicht nach dem Fleisch wandeln, sondern nach dem Geist.‹« Das ist, so Stirner in der Sigristenküche, die Masche des masochistisch Demütigen, des von mir so genannten Masochrismus. Wer sich das einen Abend oder Sonntagmorgen lang anhört, spendet nicht nur reichlich, er darf für sieben Tage wieder stolz erhobenen Hauptes ein kapitalistischer Wegelagerer sein. Wie denn sonst wäre der sprichwörtliche Geiz der Pfeuti mit Gottes unermeßlichem Reichtum vereinbar? »Geiz« kommt ja naturgemäß von althochdeutsch »git(e)«, »Gier, Habgier«, die ursprüngliche Bedeutung »Gier« entwickelte sich über »Gier nach Reichtum« zu »übertriebener Sparsamkeit«. In der Evangelischen Landessekte finden wir die Gier nach dem unermeßlichen Reichtum Gottes gekoppelt mit der äußersten Sparsamkeit in der eigenen Wertschätzung. Diese Sparsamkeit wird säkularisiert im materiellen Geiz, während die seelische Deprimiertheit verquickt ist mit der Grandiosität, als einziger im Besitz der wahren Lehre zu sein.

Ich werde es, Umberer, bald nicht mehr mit meinem Gewissen als Schriftsteller vereinbaren können, den Steinbruch des alten Pfarrhauses – es sind ja Bruchquader aus der Ruine Horen – für meinen Roman »Schilten« auszubeuten, doch ich bin bis zum letzten Satz auf diese Schädelstätte angewiesen, hier die Schiltener Landschafts- und Sektenzwänge, wo anders könnte ich denn eine Figur wie den Obeliskenküsser beobachten, wenn nicht auf dem weit über die Kantonsgrenzen hinaus bekannten Musterfriedhof von Wurgisser, mit Wurgisser diskutierte ich neulich die Frage – bei solchen Fragen spielt er immer mit dem postgelben, also maisgelben, aber schon arg abgewitterten, also wittergelben Klappmeter –, ob der Obeliskenküsser, der elegante Herr, der sich jedes Jahr einmal in seinem nachtblauen Buick nach Starrkirch hinaufchauffieren läßt, die Zubringerdienst-Verbotstafel mißachtend, geräuschlos wie mit einem Rolls Royce bis zur Silberlinde vor dem Kircheneingang fährt, das Grab mit dem Blanc-Clair-Obelisken aufsucht, zur Rechten des Kinderäckerchens, und blitzschnell die vier Dreiecksflächen der stumpfen Pyramide abküßt, gegen Artikel 20 der Bestattungs- und Friedhof-Verordnung verstoße, wo es heißt: »Das Nichtbefolgen der Bestimmungen dieser Verordnung sowie das Verunreinigen, Beschädigen oder Wegnehmen von Grabschmuck oder andern Gegenständen der Friedhofanlage oder ungebührliches Verhalten werden vom Gemeinderat Quittigen geahndet...« Ist, Umberer, fragte ich Wurgisser, das kaum Küssen genannt werden könnende Behauchen und hernach Polieren mit der Seidenschärpe denn ein ungebührliches Verhalten? Bedenke man doch, daß im Mittelalter auf Friedhöfen getanzt, gezecht, geschmaust, geliebt und gekegelt wurde. Wer legt hier fest, was »gebührlich ist«. Ist das Einsammeln der an den Marmorflächen klebenden Schnecken durch die Moosbruggerin – was übrigens meine Friedhofgroßmutter auch immer tat – gebührlich? Ist es gebührlich, Wurgisser, wenn Sie mit dem Rapid-Rasenmäher einen höllischen Krach machen? Ist stilles Beten am Grab, wenn wir wissen, was Beten für ein selbstverbrecherischer Akt ist, gebührlich? Ist das Velo- und Moped-Abstellen der Präparanden und Konfirmanden, die den öffentlichen Parkplatz benützen müßten, an der Friedhofmauer, die mein Reich von Ihrem trennt, gebührlich? Wurgisser nörzte und ächzte wie immer bei Grenzfragen, und sagte dann: abah, wo kein Kläger ist, ist kein Richter, mich stört der Obeliskenküsser schon, aber ich würde ihn deswegen nicht verzeigen. Ich käme ja, quittierte Wurgisser, in die Zeitung, ich habe keine Handhabe gegen den Obeliskenküsser. Gesetzt, sagte ich, Umberer, der Unbekannte würde nicht nur den Blanc Clair mit den bläulichen Adern, sondern alle 773 Grabsteine auf dem Starrkircher Friedhof küssen. Dann müßte ich einschreiten, brauste Wurgisser auf, es wäre dann ein zu auffälliges, totenfriedenfeindliches Gebaren. Aber wenn er die Küsse mit seiner Seidenschärpe gleich wieder wegwischen und Ihnen ein fürstliches Trinkgeld geben würde? Das ist Bestechung, der Totengräber und Sigrist von Starrkirch ist pünktlich, pflichtbewußt und unbestechlich. Nun, Wurgisser, was geben Sie mir, wenn ich für Sie herausfinde, aus welchem Grund der Obeliskenküsser jedes Jahr einmal auftaucht? Wurgisser zog die Brauen hoch, sein Bürstenschnitt schien sich zu stellen, er verkniff die Mundwinkel, dann flüsterte er: eine Flasche Holderebrönz, aber es bleibt unter uns, kommt nicht ins antiklerikale Gefechtsjournal.

Kurz und gut, Stirner hat es nicht herausgefunden, weil es auf dem Land ein ungeschriebenes Gesetz ist, daß man einen Friedhofbesucher während des Grabdienstes nicht anspricht, hinzu kam, daß der Schriftsteller das Geheimnis nicht lüften wollte, ein anonymer Obeliskenküsser beschäftigt die Phantasie mehr als ein enttarnter. Immer wenn der Attaché mit seinem Buick weggefahren war, eilten Wurgisser, Umberer und ich zum Blanc Clair, als könnten uns die Lippenspuren einen Hinweis auf den Steckbrief geben. Das nächste Mal stelle ich ihn zur Rede, kräftigte Wurgisser vor sich hin, so wahr ich da stehe. Dann nahm er den Klappmeter aus der Gesäßtasche des waschblau Barchentenen, und nahm in der Luft Maß, Erwachsenensteine dürfen bei maximaler Breite von 40 cm nicht höher als 110 cm sein, Kindersteine nicht höher als 70 cm, die minimale Dicke 14 beziehungsweise 10 cm, liegenden Platten, sogenannte Pultkissen, dürfen höchstens 10 % Neigung aufweisen. Wenn ein Handwerker, diktierte mir Stirner auf der Südkanzel des Friedhofs ins antiklerikale Gefechtsjournal, sich einer noch nicht geklärten Frage nähert oder sich einer längst geklärten Tatsache versichert, klappmetert er präzise in der Luft herum. Und der Verdacht bestätigt sich: beim genauen Nachmessen ergab sich eine Obeliskenhöhe von 115 cm. Aha, sagte Wurgisser, wußte ich es doch, daß mit diesem Blanc Clair etwas nicht stimmt. Nun fragt sich aber, so ich, Umberer, ob die Höhe bis zur Basis oder bis zur Spitze gemessen wird, Wurgisser tanzte, ein bulliger Jaques Tati, zwei Schritte zur Seite, einen zurück, zwei vor, wobei er mit dem Klappmeter wie mit einem Zeigestock – der Bambusstab des Friedhofslehrers – ich sein gelehriger Eleve – Umberer unser Blitzableiter – dem Stein entlangfuhr bis zur Basis, dann eine Dachlatte über die Spitze legte: in jedem Fall laut Artikel 16 vom Grabboden bis zum obersten Punkt, also küßt der Unbekannte das nicht Verordnungsgemäße, ich werde die Familie Bolliger darüber informieren und überhaupt ein Obeliskenverbot für die neue Friedhof- und Bestattungsverfassung beantragen. Der neue Artikel 17 sagt: das Errichten von Obelisken und ähnlichen heidnischen Kultsymbolen ist strikte untersagt.

Wir hatten häufig solche Disputate, im Quittiger

Dialekt »Dischpitute«, freilich immer über seine, nie über meine Arbeit, wiewohl ich ihm gerne gesagt hätte, daß ich, so Stirner zu mir, von meinem Vater einen kleinen elfenbeinernen Büroklappmeter geerbt hatte, mit dem ich, auch in der Luft herumzeigend, die Proportionen meiner Motive abschätzte; aber zurück zu Tot-und-was-dann, wenn schon ein solcher Kurs, würde ich darauf hinweisen, daß in Prediger 3,19 über das Todesschicksal von Menschen und Tieren steht: »Wie diese sterben, so sterben jene. Beide haben ein und denselben Atem. Einen Vorteil des Menschen gegenüber dem Tier gibt es nicht. Windhauch sind beide.« Siehst du, Umberer, Herr Generalweltkirchenratspräsident, Bruder Stäbli schindet Prediger 3,19 wie der Kartenspieler ein As, ein As freilich für die Theorie, daß der Mensch so elendiglich krepiert wie jede andere Bestie, B-B-B-es-t-t-t-ie. Die Pfeuti, wie jede andere Bestie. Kurattli, wie jede andere Bestie. Erst im Jahre 167 vor Christus finden wir in einem Text des Alten Testaments, nämlich im 12. Kapitel des Danielbuches, die Hoffnung auf eine persönliche Auferstehung, freilich nur der glaubenstreuen Gemeinde und ihrer Märtyrer. Noch zu Jesu Lebzeiten, so mein Kollege Max Schoch, verhielten sich die Konservativen, welche im Neuen Testament Sadduzäer heißen, der individuellen Auferstehung gegenüber ablehnend. »Die da hoffen auf die Auferstehung des Leibes und die Anschauung der Herrlichkeit Gottes, werden den Trug, da sie nicht sind, wo der Tod ist, nicht mehr erleben.« Richter 16,27. Dies alles verschweigt Bruder Stäbli, wer da aber »nur einen Teil der flammenden Schrift verrät«, 2 Samuel 24,5, ist ein Sektierer. Da rede ich mit Fug und Recht, so Stirner auf der südlichen Kirchenmauer vor der Abteilung der petrefakten Buchshekkengräber, von einer Evangelischen Landessekte, weil das zugrundeliegende lateinische Substantiv »secta« vermutlich zu lateinisch »sequi«, »folgen«, gehört, auf Grund eines alten Partizips »sectum«, »befolgt«. Darum ist allein schon das Leben in der Nachfolge Christi sektenhaft.

Quittigen, Biberach und Romberg zählen zusammen rund 12000 Einwohner, davon sind 8721 protestantisch, nähme nur ein Prozent der Bevölkerung die von allen finanzierte Kirche – ohne eine Abgaskontrolle zu verlangen – in Anspruch, wäre sie voll, sie ist aber nicht voll; gehen wir, so steigerte sich Stirner in die Zornmanie, wobei er zwischen dem Denkmal für Oberst Schwarz und den Buchshecken hin und her ging, davon aus, die Gemeinde Quittigen mit ihren 5718 Einwohnern würde mich als Hölderlininterpreten mit einem Bruttolohn von 9000 Franken, freie Wohnung inbegriffen, anstellen mit der Aufgabe, alle vierzehn Tage einmal ein Hölderlin-Gedicht, zum Beispiel »Hälfte des Lebens«, zuhanden der Quittiger Hölderlin-Gemeinde auszulegen, wetten, daß ich auch 60 Schnäuze zusammenbrächte! Nieder mit der Pfaffia, es lebe Hölderlin, ist denn Hölderlin nicht durchaus den Evangelisten an die Seite zu stellen? Wurgisser verwies ihm solch ketzerische Rede auf seinem Terrain, für das, was auf dem Friedhof gesprochen werde, auch im Heckenlabyrinth der Todesjahrgänger 1949 – die Ruhezeit einer Leiche dauert nach der Friedhofverordnung 25 Jahre –, bin immer noch ich, der Sigrist und Totengräber, verantwortlich. Wurgisser, entgegnete Stirner, Sie sind ein überzeugter Sozialdemokrat, wovor ich alle Achtung habe, wie können Sie die oligarchisch-diktatorisch-hierarchische Ordnung der Kirche anerkennen? Ist das ein Stück Bürstenschnittsentimentalität von Ihnen? Immer wenn Wurgisser keine Antwort wußte, zückte er entweder den Klappmeter oder schlug vor, einen Holunder zu kippen, daher die Holunderkurve, der Holunderziegel in »Schilten«. Mit solchen Wurgisser-wie-ist-es-denn-Sätzen kam Stirner zu einem erklecklichen Holunderkonsum. Darauf, sagte er dann etwa und schlug mit dem Spaten auf die Bsetzisteine, antworte ich nur hier unten, Sie können Ihren Aktuar Umberer beiziehen. Beim vierten oder fünften Holunder in der Totengräberwerkstatt zwischen verwelkten Arrangements und Leichenbahren sagte Wurgisser, ich schere mich einen Deut um das Geschwätz der Pfaffen, Hauptsache, die 773 Gräber, die ich betreue, sind auf Ostern mit Stiefmütterchen, nach Pfingsten mit Begonien und an

Allerheiligen mit geschuppten Tannenornamenten ausgestattet, Karfreitag-Ostern ist für mich nicht die Passions-, sondern die Stiefmütterchen-Zeit, übrigens, wußten Sie, daß Pfarrer Stäbli die Stiefmütterchen, die er bei mir für Stock bezog, auf die Verwaltungsrechnung setzen läßt mit dem Argument, er könne sie ja nicht mitnehmen, wenn er ausziehe, ausziehe, noch bevor er in Stock, zur Hälfte nach seinen Plänen gebaut, eingezogen ist. Sehen Sie, Wurgisser, darum hatten Sie eine Kröte im Hals, weil Sie als gestandener Sozialdemokrat dies alles schlucken, ich war übrigens, diktierte mir Stirner vor dem Totengräber ins antiklerikale Gefechtsjournal, im Fermentationsstadium der Schildknechtschen Krankheit zu Bruder Stäbli in die provisorische Achtzimmer-Wohnung in Romberg gegangen und habe ihn gefragt, ob es im Protestantismus so etwas gebe wie das katholische Beichtgeheimnis, und als er bejahte, sagte ich ihm, sein Kollege Bommer sei ein gottverdammter Demagog, er, Stäbli, solle sich von ihm absetzen, denn es werde heißen: mitgegangen, mitgehangen. Stäbli habe diese Worte zur Kenntnis genommen und gesagt: »Wer ein verzagtes Herz hat, kehre heim«, 5 Moses 8, und da habe er gekontert: »Lecken Sie mich am Arsch«, Jesausia 5,7.

Als das Pfarr- und Kirchgemeindehaus Stock bezugsbereit war, kam es, Gott sei Dank, zur Stäbli-Bommer-Querele. Stäbli hatte, wie sich am Tag der offenen Tür zeigte, Räume im Überfluß, aber keine Gruppen mehr, denn Tot-und-was-dann, erstens das Leben vor dem Tod, zweitens das Todesereignis, drittens das Leben nach dem Tod, mußte sich ja einmal erschöpfen, jammertalüberdrüssiger und jenseitsheischender als er seine Getreuen gestimmt hatte, konnte man nicht mehr werden, Stirners Kommentar lautete, toter als tot geht nicht, Bommer dagegen hatte immer noch seine Biberacher Kerngemeinde, am aktivsten war die Abendmahls-Einzelbecherchen-oder-Gesamtpokal-Gruppe, waren die Kirchenkaffeetanten und der Suppen-Trupp – in »Schilten« der Abdankungsstoßtrupp –, aber keine Räume außer dem in der Tat etwas vergammelten, leicht versäuerten und angejästen Unterrichtszimmer im Sigristenhaus, auf das Sälgen im Parterre des alten Pfarrhauses hatte er demonstrativ verzichtet, weil er erstens mit diesem Schreiberling und Tintenfatzken nichts zu tun haben wollte, zweitens seine Raumnot ständig demonstrieren mußte, um Druck auf die Budgetgemeinde ausüben zu können, »stoßen« war das Lieblingswort der Pfarrherren; nur nebenbei gefragt, diktierte mir Stirner unter der rechten, der Krokodilssophore ins antiklerikale Gefechtsjournal, worum geht es eigentlich in der Abendmahls-Einzelbecherchen-oder-Gesamtpokal-Gruppe, es geht einserseits um das liturgisch richtige Formular, und da gebraucht Bommer die Einsetzungsworte: »Der Herr Jesus, in der Nacht, da er verraten ward, nahm er das Brot, dankte und brach's, gab es seinen Jüngern und sprach: Nehmet, esset, das ist mein Leib, der für euch gegeben wird. Das tut zu meinem Gedächtnis. Und er nahm den Kelch, dankte, gab ihn seinen Jüngern und sprach: Trinket alle daraus. Dieser Kelch ist der neue Bund in meinem Blut, das vergossen wird für euch zur Vergebung der Sünden. Das tut zu meinem Gedächtnis. Darum, so oft wir von diesem Brot essen und aus diesem Kelch trinken, verkündigen wir des Herrn Tod, bis er kommt.« Bis der Tod kommt oder der Herr kommt, Wurgisser, ahbah, item, Stäblis Erz-Jesulaner, soweit sie in der Gruppe vertreten waren, plädierten für den Einheitskelch, nur er vermittle das richtige Gemeinschaftsgefühl, die Abendmahldiener könnten ja jeweils – Aids war noch kein Horror – die benutzte Stelle abwischen und den Becher etwas drehen; die Bommerschen beriefen sich auf das Wort »Jesus spricht: Ich bin der Weinstock, ihr seid die Reben. Wer in mir bleibt und ich in ihm, der trägt viel Frucht; denn ohne mich könnt ihr nichts tun« und leiteten daher, von der einzelnen Traubenbeere, den viel hygienischeren Einzelbecher ab, man kriege ja das ungesäuerte Brot auch nicht am Stück, sondern möckchenweise – etwa wie bei der Fondue, soll Tschümperlin dazwischen gescherzt haben –, das heißt, tobte Wurgisser, daß ich noch mehr Arbeit habe hinter dem Paravent, der jeweils an der rechten Chorwand aufgestellt wird, um das Einschenken nicht zu kellnerhaft erscheinen zu lassen, Traubensaft, was soll's, ob in Halbliterhumpen oder Halbdezistiefeln, das ist doch egal, es ist eben, sehr geehrter Herr Generalweltkirchenratspräsident, so wenig egal wie die Frage Käsbissen oder Spitzhelm, überhaupt nicht egal-egal, echote Wunderlin, es rentiert doch nicht, die großen Zinnpokale in den Vereinsschrank zu stellen und fünf Dutzend Becherchen anfertigen zu lassen, nur weil sich die Pfeuti ekelt, weil vor ihr ein Sozialdemokrat getrunken hat, dann könne man die Gemeindeglieder gleich bitten, selber ein Glas mitzubringen und den Spundhahnen zu öffnen, um mich, Ambros Umberer, entzündete sich eine Nebenkontroverse, die bald die Hauptkontroverse verdrängte, diese unappetitliche Filzlaus, dieser Bruder Habenichts, dieser Hungerleider, Kümmerling, Schächer, er verschüttet doch bei den Einzelbecherchen noch mehr als beim Nachfüllen der Pokale, und zwischendurch, wollte die Schuricht gesehen haben, kippt er einen, nicht Traubensaft, nein, Brönz aus dem Flachmann, den ihm Stirner geschenkt hat, über den Abendmahlhilfskellner Umberer mischt sich Stirner in die heiligen Handlungen ein, was soll uns dieser abgewirtschaftete Depossedierte, so Stirner, so Wurgisser, so die Pfeuti, er kann doch das Tablett mit den Becherchen nicht gerade halten, nein, beim Pokal sei die Gefahr größer, daß er hineingeifere, aber den Pokal umfaßt er mit seinen schmutzigen Händen, mit seinen Trauerrändern an den Fingernägeln, »was ihr einem von diesen meinen geringsten Brüdern getan habt«, Matthäus 25,40, dann lassen wir eben Umberer ganz aus dem Spiel, nein, gerade Umberer habe das Abendmahl am nötigsten, »Herr, wir durften essen und trinken, an deinen Tisch treten in Bruderschaft und Liebe«, B-B-B-ru-derschftndiebe, und dann hält er noch die Hand hin, als ob er ein Trinkgeld erwarten würde, so fielen sie über mich her.

Als in der Stock-Querele alles Stoßen nichts half, wollte Bommer drüben einziehen und Stäbli das Terrassenhaus überlassen, Stirner hatte die entsprechende Sitzung wie immer im Treppenhaus mitstenografiert, ich stenografiere, sagte er, um gegen Pfarrhausangriffe und Vertragsgaunereien gewappnet zu sein; Bommer behauptete nun, er habe die Stelle in Starrkirch unter der Bedingung angetreten – es war wieder einmal eine klassische Immobiliensitzung – daß man ihm eine moderne Wohnung unweit der Kirche, aber doch dorforientiert, und das alte Haus für Gruppenarbeit zur Verfügung stelle, die Kirchenpflege habe ihr Wort nicht gehalten und diesem Galöri seine Wirkungsstätte vermietet, aus purer Geldgier, zum Glück, das sei Amtsbehinderung, sei er noch rechtzeitig genug nach Starrkirch gekommen, um in die kleinmütige, krämerselige Planung von Stock einzugreifen, den Saal zu vergrößern, das Sekretariat anzugliedern, den Jugendbunker vorzuschlagen; aber Herr Pfarrer, sagte Kirchengutsverwalter Wunderlin, es gibt ja gar keine Jugendgruppe mehr-Gruppe-mehr, papperlapapp, die werde sich wieder konstituieren, wenn sie ein Dach über dem Kopf habe, er sei zwar der Dienstjüngere in diesem Kaff, aber der Amtsältere gegenüber Stäbli, er erhebe Anspruch auf Stock, er ziehe den »neuen Wagen«, 1 Samuel 6,7. Hier notierte Stirner, Herr Generalweltkirchenratspräsident: schade, daß ich Bruder Stäbli nicht sehen kann, er wird die mehligen, stark behaarten Finger zur Züpfe verflechten und sein Tonsurhaupt zur Seite neigen. Was sagte er zu dieser Bommerschen Stoßrichtung? »Im Hause meines Vaters sind viele Wohnungen«, Johannes 14,12, Sie haben es erraten, Herr Generalweltkirchenratspräsident. Nun muß man aber wissen, daß in der siebenköpfigen Kirchenpflege die Stäblianer in der Überzahl waren: Konrad, Stäblianer, Wunderlin, Stäblianer, Tschümperlin, Stäblianer, die Lismersche, Stäblianerin, Bommer hatte keine Chance, also änderte er seine Taktik und meinte – d'Mäinig isch –, man könnte das alte Pfarrhaus mit über den Daumen geschätzt 800000 Franken sehr schön renovieren, aber die Behörde hatte kein Musikgehör, der Vertrag mit dem Mieter sei bindend, Stocks wegen habe man sich mit Schulden überhäuft, dito des Terrassenhauses wegen, Bommer solle endlich zufrieden sein mit dem, was er immer gewollt habe, immergewollt, so Wunderlin. Gut, sagte Bommer, ich halte am übernächsten Sonntag die Probepredigt in Stäfa am Zürichsee, wer nicht fühlen will, muß in Stäfa zuhören. Das war die Kündigung. Ist das, fragte Alois Konrad anständigerweise, die Demission, Herr Pfarrer? Sie können das nehmen, wie Sie wollen, Sie-wollen, so Wunderlin, Tschümperlin ins moosgrüne Protokollbuch »Sie wollen«, Umberer S-S-S-ieolln. Ja, das Ende der dreizehnten Stelle nach anderthalb Jahren. Natürlich würde ihn die Pfaffia von Stäfa vergolden. Was kostet das Ent- und Vergolden eines Pfarrers den Steuerzahler eigentlich? Diese Kündigungs- und Berufungsumtriebe? Zu Lasten der Verwaltungsrechnung von Starrkirch gingen laufend Kündigungs- und Berufungsumtriebe. Im sozialdemokratischen »Freien Aargauer« erschien ein Artikel »Erstarrte Traditionen und Vorurteile, Abschied eines Pfarrers, an Starrkirchs Argwohn gescheitert«. Er habe seine Stelle, so Bommer, unter der Devise angetreten: Mached jedem s'Läbe gfreuter, aber von offiziöser Seite habe man ihm immer mehr Steine in den Weg gelegt, etcetera blaballera; viel aufkeimende Bereitschaft bei der Jugend verschüttet, etcetera blaballera; anonyme Opposition einer eigentlichen Friedhofgemeinde, etcetera blaballera; sei eine erstmalige schmerzliche Erfahrung gewesen, etcetera blaballera; man habe das alte Pfarrhaus für kirchgemeindliche Zwecke völlig blockiert, etcetera blaballera; »ich erinnere hier an die leidige Affäre betreffs altes Pfarrhaus, wir hatten uns nie von uns aus geweigert, dort zu wohnen«, etcetera blaballera, siehe Protokoll der Sitzung vom 6. Juni 1971, das Gegenteil ist wahr. »Er isch en abgschlagene Lugihund«, Zitat eines nicht genannt sein wollenden Quittigers.

Man muß sich vorstellen, diktierte mir Stirner beim Leichentor unter der Trauerweide ins antiklerikale Gefechtsjournal, daß das Bodenpersonal jenes Gottes, von dem Paulanus' Christus sagt, daß er nicht sei, die Stellen wechselt wie die Stewards die Flugzeuge, Bommer verbessert sich von einer Boeing zu einem Airbus an der Goldküste, und dieses Pastorenkarussell bringt nicht nur Unruhe in die Gemeinde, es kostet auch eine Stange Geld, alte Bedingungen erfüllen, neue aushandeln, Inserate, Herumreiserei, um da und dort ein Käsbissenprobe zu nehmen, und, Umberer, Herr Generalweltkirchenratspräsident, eine neue Immobilienpolitik, eine neue Planungsgruppe, neue Richtlinien, wie eine Wetterfahne drehen sich die Behördlichen – was mich immer an faule Obsthurden erinnert – nach dem Wind, weiß man eigentlich schon Genaueres, was isch d'Mäinig, wenn es um Gerüchte geht, ist Wurgisser die allererste Adresse, du, Umberer, sein Adjutant, Wurgisser und Konrad beginnen ihre Sätze mit einem nörzenden »d'Mäinig isch«, wessen Meinung, wird nicht klar, natürlich die der Zuträger auf dem Friedhof, wie viele Stockquittiger, Erzbiberacher und Urromberger kommen doch nicht eines Grabes oder der Nüsperlilinde wegen auf den mittelalterlichen Kirchhof mit der Form eines zugespitzten Blattspatens, sondern um dem Totengräber eine Meinung zu hinterbringen oder von ihm eine hinterbracht zu kriegen, der Schwatz beim Blanc Clair des Obeliskenküssers dauert 25 Minuten, derjenige beim Oranten in der Kinderabteilung nahe der Nordtraufe 35 Minuten, immer: man hört, daß, man sagt hinter der Hand, daß, man munkelt, daß, es pfeifen es die Spatzen von den Dächern, daß; muß Stirner nun raus, ja und nein, wahrscheinlich wird im alten Pfarrhaus, und man erwägt den Verkauf des Terrassenhauses, doch der Erlös, sagt man, wäre im Moment zu niedrig, und von Pfarrer Stäbli hört man, »es werden ihn Gerüchte erschrecken aus Osten«, Daniel 11,44.

Ich, Ambros Umberer, Stotterer und Polterer, nach Wurgisser eine »verdächtige Totentrompete«, nach Stäbli »das Gesinde«, »sie gibt dem Gesinde, was ihm zukommt«, Sprüche 31,15, mußte auch immer wieder um den Umberer-Vertrag bangen, »der Herr wandte das Geschick Hiobs«, Hiob 42,10, zumal nun das Sekretariat, mein Gegenpfand, auf Stock untergebracht war, die korsettgepanzerte Schüpfer Elvyra auf Stock die Präparandenpräparationen auf der teuersten Olivetti-Maschine tippte, die auf dem Markt zu haben war, auf einem Ferrari der Schreibmaschinenbaukunst, wohingegen er, Stirner, »Schilten« auf einer verwrackten Hermes Media niederhämmerte, die Bommer-Stäbli-Querele hatte dazu geführt, daß der Tonsurhäuptige zwar als Stock-Sieger, doch völlig geknickt aus dem Streit hervorging, »der Herr wird wegnehmen Stütze und Stab«, Jesaia 3,1, »auf daß der Stab über mir gebrochen werde«, 2 Könige 4,29, die Gruppen, wie gesagt, waren in alle Winde zerstreut, als Stock bezugsbereit war, acht Zimmer private Pfarrwohnung, im Pfundanbau ein Wir-lesen-die-Bibel-am-Kamin-Separée, der große Saal mit Faltenschiebetür und einem Bechstein-Flügel, das Sekretariat, der Jugendbunker, das Empfangszimmer mit separater Dusche, »auf daß ihr gewaschen zum Herrn kommet«, Paulanus 38,85, der gedeckte Sitzplatz mit Cheminée, drei weitere Gruppenräume, eine Pfarrbibliothek, drei Kaffeeküchen – es wäre mal eine Dissertation fällig über »Die Kirche und der Kaffeepreis« oder »Die Pfaffia als Kaffia« –, erwies sich der Millionenbau als Kirchenwohlstandsruine erster Güte, denn Stäbli verkroch sich und tat innerlich Buße, »ich tue Buße in Staub und Asche«, Hiob 42,6.

Es folgte die mühsame, kilometerreiche Berufung des Holländers van Doelen, der in der Sprache Rudi Carrells die Predigt mit Zeitungstexten begann, nun höret das Wort der Medienherrn, um nachher zur gebrochenen Bibellesung überzugehen, die Talararme ausbreitend wie ein Adler die Flügel, wobei er besonders gern Paragraphen aus dem niederländischen Kolonialkirchenrecht einflocht und sich auch nicht entblödete, für die »Hersteld Apostolische Zendingkerk« Propaganda zu machen, sie gegen die »Gemeente van Apostolische Christenen« in Schutz zu nehmen, nach dem Tode des holländischen Apostels Schwarz von der »Allgemeinen Christlichen Apostolischen Mission« begannen verschiedene Gemeinden in Holland gegen den Willen des deutschen Stammapostels Krebs ihren Weg in der bisherigen Selbständigkeit weiterzuführen, sie gingen als »Hersteld Apostolische Zendingkerk« aus den Spannungen hervor und erhielten Martinus van Bemmel zum Apostel, ihr deutsch übersetztes Organ »Die Stimme der letzten Posaune« ließ van Doelen vor der Starrkircher Kirche verteilen; logischerweise kam es schon bald zur Stäbli-van Doelen-Krise; will man diese Krise von innen heraus analysieren, diktierte mir Stirner auf dem Estrich unter dem Holzaufzug ins antiklerikale Gefechtsjournal, muß man einerseits den Horror vacui von Stock in Rechnung stellen, Stäbli residiert in Stock wie Ludwig II. in einem seiner Schlösser, anderseits die Tatsache, daß ein neuer Besen immer besser kehrt als der alte, bis sich herausstellt, daß der neue bezüglich des Borstenausfalls nicht minder schwindsüchtig ist als der alte, van Doelens Methode, Jesaia 17,4 mit einer Fernsehmeldung aus der

Tagesschau und mit Satzungen der »Apostolisch Genootschap« in Verbindung zu bringen, lockte eine Zeitlang ein paar Quittiger, Romberger und Biberacher hinter dem Ofen hervor, Stäbli dagegen zählte nicht nur kaufmännischen Sinnes die Kartoffelsäcke auf dem Acker in Bachthalen, sondern auch die verwaist in ihre Bänke verdrückten Stäblianer, und es wurden ihrer immer weniger, Stäblis Elan war nach dem Ausfall der Bommerschen Dampfwalze der gebrochenste, item, ich, diktierte mir Stirner ins Carnet für Notnotate, habe, welchem Gleichgewicht des Schreckens auch immer zu verdanken, meine Ruhe, »Schilten« schreitet voran, flüssig in der Nacht-, etwas zäher in der Konferenzfassung, und dann kam die peinliche Predigt vom 13. November 1974, eine Selbstabdankung, von ihr entnahm Stirner die Idee zu Schildknechts Selbstabdankung, eine autistische Bezichtigungsorgie, ich zitiere aus dem Predigtprotokoll, Tonband Nummer 71, Stäblis Worte: »Vater meines Heilandes Jesus Christus! Erbarme dich mein. Ich bin am Ende aller meiner Kräfte. Die Not meines Herzens siegt über mein Haupt. Trübsal und Tränen sind meine Speise, Todesangst und bitterer Seelenschmerz meine Begleiter Tag und Nacht. Rufe ich, so nahst du dich nicht, schreie ich, so bleibst du doch fern von mir. Die allergrößte Not aber bereitet mir mein eigenes Herz. Es ist ein trotzig und verzagt Ding. Du, Jesus Christus, du, mein Herr und Gott, den ich so oft erfahren habe, müßtest es in mir erneuern, aber Eli, Eli, lama asabthani« – hat das etwas mit den Wüstenlamas zu tun, fragte ich Stirner –, »mein Gott, mein Gott, warum hast du Starrkirch verlassen« – daß Starrkirch von ihm, Bruder Stäbli, verlassen werde, fügte er auf der Kanzel nicht mehr bei, obwohl er die fette Pfarre im Emmental bereits im Sack, den Lohn um einen Tausender hinaufgeschraubt hatte.

Wurgisser, wo Rauch ist, brennt auch ein Feuer, wo die Gerüchte brodeln, wittert man einen Skandal, es war in der Tat der allerinfamste Skandal, daß Stäbli Stock, nach seinen und Bommers Wünschen und Plänen gebaut, verließ, den Bettel, wie es so schön heißt, hinschmiß, was den Lehrern und den Pfaffen gemeinsam ist, vertonte Stirner am Mannborg-Harmonium im alten Unterweisungs-Sälgen nach den klassischen Hanns-Dieter-Hüsch-Harmonien Dm 7, G 7, Em 9, A 11, sie erleiden die Frustration, sie lehren und predigen die Frustration, wie bin ich denn, Umberer, auf die Idee gekommen, daß Schildknechts Klasse immer weniger Schüler zählt, doch durch den Kirchgangschwund, durch die Gottesvergiftungsschwindsucht, der Skandal tobte, die Pfaffia bemäntelte ihn, wie wir wissen, ging van Doelen, als Dekan Wermelinger kam, Rudi Carrells Sonntags-Show hatte sich totgelaufen, aber in Ruhe ließ er uns, meinte Stirner zu Wurgisser beim Friedhofhumuswurfgitter, mit van

Doelen haben wir sogar ab und zu Brönz getrunken in der Totengräberwerkstatt, zumal wenn eine Leiche in der Schauzelle lag, in Quittigen werden die Leichen ins Sonntagshabit gewandet, tragen die goldene Uhrkette, den Notproviant und den Notgroschen für die letzte Reise, fehlt nur noch der Leichenzug und die Totenvorreitersche, bedauerte Stirner, na denn, prost, van Doelen mit seinem tränensackschlaffen Zendingkerk-Gesicht grübelte, drehte Sargnägel zwischen den Fingern, van Doelen memorierte Passagen aus dem niederländischen Kolonialkirchenrecht, van Doelen, immer in Schwarz, saß auf einem schwarzlackierten Sargbock, van Doelen trank Holunder aus dem Stiefel VD, Wurgisser aus dem Stiefel W, Stirner aus dem Stiefel ST, Umberer, immer eine Spur unterkellerter, verdankte sein trunkenes Elend dem Absinth-Flachmann, einem Geschenk des Förderers und Schriftstellers, hier unten im Thanatos-Reich ging es schon mal hoch zu und her, gerade wenn eine Leiche nebenan lag, Leichen wirken stimulierend auf den Stimulus Alkohol, van Doelen rauchte seine selbstgedrehten Zigaretten, sechzig Stück am Tag, maschinell hergestellt wären es wohl 90 gewesen, Stirner qualmte aus seiner Pfeife, Wurgisser kaute und spuckte den Pfriem, Umberer hatte seine Fehlfarben, Villiger Export;

da ein braunes Pflaster am Boden, schon die elfte Erdbestattung heuer, van Doelen schmiß den Bettel hin, als der Besen Wermelinger, ein Dekansbesen, kehrte, angeblich des Föhn- und Heimwehs seiner Frau wegen, dabei war das Paar »aus Liebe zu den Firnern« aus dem flachen Land nach Starrkirch gekommen, van Doelen fuhr mit seinem Saab jeden predigtfreien Sonntag mindestens vier Alpenpässe, die Königsetappe, j-j-j-den f-f-f-rei-en S-S-S-onntag, Herr Generalweltkirchenratspräsident, so gallig, so melancholisch war er oft in der Totengräberwerkstatt, daß Ambros Umberer, der Einheiz-Asamer, der Schugger Leo dagegen wie ein verhext buchsbaumartig zurechtgestutzter Erdbestattungs-Leichen-Lätt-Hypochonder wirkte, so Stirner über Wigger in der Zirkularfassung, Ordner »Schilten V«, ist es nicht ein Geschenk vom Himmel, daß er Ambros heißt, griechisch »ambrosius«, »unsterblich«, »göttlich«, ich, der immortale Umberer, der ich jetzt im Brugger Käfigturm hart an den Aareschnellen sitze und fünf Jahre über mein Attentat nachdenke, war es, der dem veritablen Verfasser von »Schilten« zur Urerfahrung für das Scheintotenpraktikum verhalf, Wurgisser bot dazu nicht Hand, ich käme ja in der Zeitung, sagte er, Stirner bat darum, als der Wehrli Hannes in der Schauzelle zwo lag, von vielen auch Weichenwärter-Samis geheißen, der Namensverwirrung ist in solchen Landgemeinden kein Ende, bat, den Wehrli Hannes umzubetten in Zelle eins und sich in seinen Sarg legen zu dürfen bei geschlossenem Deckel und von mir und Wurgisser in den Lehmschacht neben dem Sonderbundskrieger-Leichenstein, unweit vom Surlauber Chriesbaum, abgeseilt zu werden, wobei dann Wurgisser, derweil er im finsteren Verlies Gottfried Kellers Zyklus »Lebendig begraben« deklamierte, »so weit ich komme«, Lehm, Knochen und Kempen auf den Deckel zu schmeißen gehabt hätte;

ich, Umberer, Herr Generalweltkirchenratspräsident, und van Doelen führten diese Aktion bei Nacht und Nebel durch, in der Geisterstunde, das heißt kurz vor zwölf, denn Stirner wollte es vom Käsbissen zwölf schlagen hören im Sarg und nicht wissen können, ob es Mittag sei oder Mitternacht, zuerst seilten wir den ordinären hölzernen Rock aus Rottanne zwischen den Spundbrettern ab, dann stieg Stirner die Totengräberleiter hinunter, von der es heißt, wenn eine Sprosse fehle, werde bald ein Verwandter des Wasenmeisters ins Grab folgen, legte sich, Füße geostet, hin, wie es sich gehört, dann deckelten wir ihn zu und warfen ein paar Schaufeln hinunter, daß es richtig polterte, und wir hörten die erstickte Stimme rufen: »Horch – endlich zittert es durch meine Bretter! / Was für ein zauberhaft metallner Klang, / Was ist das für ein unterirdisch Wetter, / Das mir erschütternd an die Ohren drang? / Jach unterbrach es meine bangen Klagen, / Ich lauschte zählend, still, fast hoffnungsvoll: / Elf – zwölf – wahrhaftig es hat zwölf geschlagen, / Das war die Turmuhr, die so dröhnend scholl.« Bis zu dieser Strophe im siebten Gedicht des fünfzehnteiligen Zyklus kam Stirner, dann polterte er, während ich van Doelen anpolterte, gegen den Deckel, und wir buddelten ihn aus, Dank, Dank, Dank, Umberer, sagte er, vergelt's Gott zu van Doelen, der in dieser Märznacht gestand, daß er nicht an denselbigen glaube, sensationell, rief Stirner, sofort ist Notnotat-Carnet, van Doelen bekennt anläßlich des Scheintoten-Unterrichts, daß er nicht an Gott glaubt, endlich einer, der wahr spricht, wahr, van Doelen, spricht, wer Schatten spricht, Ihre Aufrichtigkeit in Gottes Ohr, sagen wir paradoxerweise, in Spruchweisheiten hat er sich erhalten, mit Verlaub, wollen Sie mal, und van Doelen stieg hinunter, legte sich flach und sagte, am liebsten wäre mir, ihr holtet mich gar nicht mehr raus, schaufelt mich zu, entfernt die Spundbretter, laßt die Erde rutschen, die Erdbebenspalte schließen, van Doelen, der einzig Senkrechte unter den Starrkircher Pfaffengalionsfiguren, waagrecht, van Doelen mit gefalteten Händen, sein Gesicht wie Wachs oder wie holländischer Camembert, sofern man das in einer mondlosen Märznacht erkennen kann, wir mußten ihn im Bibelkarner buchstäblich reanimieren, ich machte ihm Senfwickel, Stirner reizte seinen Schlund mit etwas Salmiak aus der Leichenhallenapotheke, er kam nach fünf Minuten wieder, verlangte nach einer heißen Bouillon, die wir ihm nicht bieten konnten, aber Holunderbrönz war da und eine Dose Quittiger Allerlei, Wurgissers Erdbestattungsgrabzvieri, van Doelen, der käsige, kam wieder, predigte aber nicht mehr lange.

Ich sage Ihnen, Herr Generalweltkirchenratspräsident, was war das für eine Komedi mit Stirners stockblutrot gesprenkeltem Exemplar von Christoph Wilhelm Hufelands Werk »Der Scheintod oder Sammlung der wichtigsten Thatsachen und Bemerkungen darüber in alphabetischer Ordnung« mit einer Vorrede des königlich preußischen Geheimen Rathes und willkürlichen Leibarztes aus der Zürcher Zentralbibliothek, gut, er entdeckte es für sein Scheintotenkapitel, dann verlängerte er die Leihfrist, dann kam eine erste Mahnung, gebührenfrei, er beantragte eine weitere Prolongierung, zweite Mahnung, Franken 2, abschlägiger Bericht betreffs der Leihfristenlösung, dann ein Chargé-Brief der Zürcher Zentralbibliothek, worauf Stirner das Buch für verschollen erklärte und jede Summe zu zahlen bereit war, nur damit er jederzeit die Pfarrhaustreppe hinunterspringen, auf den Friedhof oder in die Totengräber-Werkstatt rennen und Wurgisser oder Umberer aus dem Hufeland vorlesen konnte, man muß, sagte er, den Hufeland auswendig können, jeder Mensch auf Gottes Erdboden ein Buch auswendig, ich den Hufeland, warum schickte er ihn denn nicht zurück, da er doch den Hufeland Passus für Passus daherdeklamieren konnte, weil es, so er, nach der ordentlichen Ediktalladung einer gerichtlichen Umstoßung der Verschollenerklärung bedürfte, und weil ich den Hufeland nur, mich jederzeit des Hufeland versichernd, auswendig kann, weil niemand außer mir Hufelands würdig ist, und, nahm Stirner Bezug auf den Roman, weil unabsehbar ist, wieviel Hufeland ich verwerten und mit Seitenzahlen angeben werde, »Schilten« könnte direkt in den Hufeland münden, nicht wahr, Adelheid, war damals noch kein Thema, er schlief, den Hufeland unter dem Pfühl, um im Nachtschlafwandlerunterricht den Hufeland aufzufrischen, Hufeland, nicht die Bibel, ist das Buch der Bücher, van Doelen, tun Sie mir doch den Gefallen und halten Sie eine Hufeland-Abdankung, wir bitten um Erleuchtung und hören Hufelands Wort: »Ist nun alles, und wol fünf bis sechs Stunden lang, vergeblich versucht und angewendet worden; so könnte man auch noch ein oder etliche Tobacksklystiere setzen; den nassen Körper mit trockenen Tüchern abtrocknen, und ihn in warme, durchräucherte Tücher wickeln; oder ihn in warmen Sand oder in ein Aschenbett legen, und noch Reizungsmittel versuchen.« Bevor wir Hufelands Wort auslegen, singen wir Friederike Kempners Nocturno »Finster und stumm«: »Stürmisch ist die Nacht, / Kind im Grab erwacht...«, die Strophen eins, vier und fünf, tun Sie mir den Gefallen, van Doelen, jetzt, wo Sie den Bettel hinschmeißen, kömpt es darauf auch nicht mehr an, die Kirche ist eine durch und durch scheinlebendige, scheinheilig und scheinlebendig, »trägst du in die Kirche deine Not, bist du scheinlebendig oder -tot«, Jesausia 5,13, ihr Talarkrähen seid Hufeland-Apostel, und das Pfaffen-Karussell ist eine ständige Hufeland-Stafettenübergabe, Stäbli reicht den über ihm gebrochenen Stab Bommer, Bommer van Doelen, van Doelen Dekan Wermelinger, Wermelinger Nathanael Schmuhel, und dann tönt es bim bam bum, bim, bam, bum: pumm.

Nach dem Auf- und Rücktritt Stäblis im härenen Büßergewand – daher Stirners Idee der Harlekinshose und Sträflingsjacke Schildknechts in der Mörtelkammer – hatte bis auf den unermüdlichen Wunderlin die gesamte Kirchenpflege Starrkirch demissioniert, Alois Konrad, der Präsident, trug aus der Affäre Bommer ein Herzleiden davon, Tschümperlin hatte ein Schlägli gehabt, nahe dem Gehirninfarkt, teilweise Lähmung des rechten Beins, die Lismersche sah nach dem Eingehen des Kirchenkaffees kein Wirkungsfeld mehr, und ich, Herr Generalweltkirchenratspräsident, bin der erste, der dafür Verständnis hatte, wie Torenbuben behandelt zu werden von der Bommer-Stäbli-Garnitur, war beleidigend und glaubenszersetzend, wer das erlebt, will mit der Kirche nichts mehr zu tun haben, jahrelang haben diese Mannen, einschließlich der Lismerschen, ohne einen Rappen Sitzungsgeld, mit einem Minimum von administrativen Spesen ihre Arbeit verrichtet, haben versucht, im Einvernehmen mit den Pfarrherren zu leben, aber es ging nicht, schon waren wieder sechs Kirchgänger verscherzt, es rückt ja kein Nachwuchs nach, von den Hunderten von Konfirmanden überschreitet nach dem Apostolischen Glaubensbekenntnis, »Ich glaube an Gott, / den Vater, den Allmächtigen, / den Schöpfer des Himmels und der Erde...«, keiner mehr die Schwelle einer Kirche, daher die chronische Überalterung des Kirchenvolks und die Auszehrung wie in abgelegenen Seitentälern, die Kirche befindet sich in einer Auswanderungsprovinz, und tatsächlich müßten die Konfirmanden die Gelegenheit wahrnehmen und definitiv aus diesem Verein austreten, wenn ihre Eltern schon nicht dafür gesorgt haben, daß sie von der masochristlichen Indoktrination verschont bleiben, aus Feigheit nicht dafür gesorgt, aus Feigheit.

Item, die Kirchenpflege demissionierte kollektiv bis auf den Postangestellten Wunderlin, der Bommer Paroli geboten und frech gesagt hatte, Sie lügen, Herr Pfarrer, es mußte eine neue Behörde gewählt werden, damit stand wieder eine neue Immobiliendiskussion ins Haus, Peter Stirner erkrankte wieder an der Multiplen Klerusose und mußte »Schilten« liegen lassen, wie oft, sagte er später rückblickend zu mir, mußte ich »Schilten« einfach abbrechen und mit dem Siechengeliger im

Friedhofzimmer vertauschen, ja, ich brastete, wenn schon, Wurgisser-orientiert, »Schilten« nach der Szene mit den Tagraub- und Nachtraubvögeln abbrechen, nach dem Wigger-Auftritt mit dem Rosthaufen von einem Veloziped abbrechen, nach Krähenbühls Bettdiagnose abbrechen, inzwischen war das ganze Pfarrhaus mit Funktions- und Entwurfsschemata tapeziert, er hatte das Aberwissen über Irrealien an die Wände geheftet, hatte da tatsächlich mehrere Unterstufen- und Oberstufenschreibwerkstätten, in jedem Zimmer außer dem Sälgen standen zwei Architektentische, übersät mit Entwürfen, Handskizzen, Zeitungsausschnitten, Wörterbüchern, Fachliteratur, unerledigter Post, Rechnungen, und er hatte das Schulhaus Schilten im Modell nachgebaut, inwendig beleuchtbar, mit einem Märklinläutwerk zum Stimulieren der Pausen ausgerüstet, die verschiedenen Krüppelwalmdachelemente konnte man abheben, und da tickte wirklich die winzige Sumiswalder Zeitspinne, hatte Dominosteinchen für die Gräber aus Schwedisch-Schwarz Granit rund um den Bau gestellt, seine Friedhofgegendominotheorie entwickelt, nicht die Leichen, aber die Steine stehen auf und werden zur Mauer, die keines Menschen Wort mehr durchbricht, es sei denn, es dringe durchs Sprachgitter der Leichenpforte. Da gab es eine Buntstifttabelle, welches Motiv in welchem Quartheft proportional wie stark sei, die Motivsäulen, analog den demoskopischen

Grafiken, ließen sich beliebig vergrößern oder reduzieren. Stirner sagte, was ich inwendig in meinem Schädel einerseits, anderseits dort oben – er zeigte über die Sophoren hinweg – im Maßstab eins zu eins präsent habe, muß die Pfarrhauswände und Pfarrhauszimmer füllen, damit es zur Schauplatzsymbiose kommt, das war lange sein Lieblingsstichwort, die Schauplatzsymbiose vorne auf dem Argovia-Balkon unter der Nüsperli-Linde, wo man die Aare heraufglänzen sah wie die Oder im Eichendorffschen Schloß Lubowitz, die Schauplatzsymbiose bei der Grotte und dem Springbrunnen, der plätscherte wie die Wasserkünste im »Marmorbild«, die Schauplatzsymbiose in der Sigristenküche, die Schauplatzsymbiose beim Heuet, wo er gerne mithalf, die Sense am Chilchenstotz schwang, beim Aufstocken im Tenn sich staubig machte, ebenso wie beim Laubet, wenn er das würzige Pneuma des Villiger-Export inhalierte, versteht ihr nun, was das unter dem Aspekt der Schauplatzsymbiose für eine Katastrophe wäre, wenn mir das Haus genommen würde, die Waage des Romans zerbräche für immer, f-f-f-ür-im-im-im-mer, die Krankheit war die geprobte Katastrophe, wenn er die vielen Schreibtische verlassen und den Roman unterirdisch im Doppelbett fortsetzen mußte, es stimmt, daß Krähkamp immer nachts kam mit der Taschenlampe, Umberer hat den Schein unzählige Male zwischen den Sophoren durchhuschen, durchs Treppenhaus irren sehen, er blieb dann ein bis zwei Stunden – das kann ich nur nachts, so Krähkamp, seiner Nachtfassung die Nachtbehandlung gegenüberstellend – beim Patienten im Bett und versuchte, sich in seinen Morbus hineinzudenken, als Internist im wörtlichsten Sinn, der Landarzt bei Kafka, der sich an die Wunde des Siechen legt, so wie die einen alles von Goethe haben, habe ich alles von Kafka, diktierte mir Stirner vom Bett aus ins Notnotatheft, du bist die Aufgabe, kein Schüler weit und breit, und immer wieder die Geschichte vom Medicus, der am Stehpult in einem Folianten blättert, während der Moribundus sich im Koma zur Wand gedreht hat, die Aussichtslosigkeit der Lage, dann plötzlich, aber zu spät, der Ruf, ich hab's, Hilfe kommt aus Bregenz, alles herrlich und wunderbar, aber nicht für mich; Krähkamp sprach ein perfektes Pschyrembel-Deutsch, mit Quittiger Mundartbrocken durchsetzt, Stirner verfiel in der totalen Vegetativapathie, der Chilichapathie der Agraphie, mündlich, versteht sich, er stöhnte und röchelte nur noch, wenn Umberer ihm den Katzenpfötchentee brachte, wie oft habe ich im verdunkelten Friedhofzimmer an seinem Bett gesessen und, ja, trotz der Kirche, gebetet, es dürfe sich nicht nach unten leben, er dürfe nicht ins Gras beißen, er biß aber ins Pappkissen, sah nur noch Grau, graue Korridorfluchten, graue Zimmertüren, angelehnt, graue Beamte herumhuschen, die Akten vom Boden auflesend, und dann plötzlich bist du im schwarzen, konisch nach unten verlaufenden Raum mit der Exit-Falltür, bist aus der Schöpfung ausgestoßen, der Logik des Lebens entfremdet, der Todeslogik verfallen, die da heißt: de nihilo nihil, wie in der Magie, der Zauberer und der Tod, phantasierte er, er hatte nie Fieber, aber ein Schmerzschleierdelirium von den vielen Buscopan- und Baralgin-Zäpfchen, dann wieder Morphium-Euphorien, in denen er »Schilten« in einer großen Synopse vollendet sah, hier an diesem Haus wird dereinst eine Tafel hängen, auf der steht: Hier hat Peter Stirner alias Armin Schildknecht den großen Roman »Schilten« vollendet. »Schilten« wird mein Erstling und mein Letztling sein, Umberer. Das Kranksein ist mit dem Schreiben gekoppelt, sagte er, je unheilbarer das Leiden, desto reiner die Form, wir müssen vollständig unten durch, dann oben hinaus, wie du, Umberer, als Existenz die niedrigste, als geschützte Friedhofnatur das Allerhöchste bist, denn da drüben ist unsere letzte Heimat, daher auf den meisten Grabsteinen das Erlösungswort »Daheim«, manchmal auch »Zu früh für uns«, manchmal auch »Gott hat ihn abberufen«, manchmal auch »Er ruhe in Frieden«, seltsam, daß man sich den Tod friedlich vorstellt, dabei ist er für jeden einzelnen der Weltuntergang, der Dritte Weltkrieg, aber doch allermeistens »Daheim«, es ist nur ein Schritt, Umberer, diesseits und jenseits der Mauer, ich kann ihn tun, ich brauche bloß aufzustehen und hinüberzugehen, den Weg einzuschlagen, auf dem mir keiner folgen wird, daher, dies nebenbei, hinterlasse ich keine »sequi«-Gruppe, keine Sekte wie Christus, und ich gehe den Weg in der vollkommenen Gewißheit, daß jenseits der Mauer Nichts ist, daß dort die tautologische Gleichung gilt: Nichts ist Nichts. Immer, auch in seinen schwersten Scheintotenstadien, hatte er Papier und Tinte in Griffweite, und der Boden rund um das weißlackierte sozusagen französische Erwachsenenkinderbett mit den Messingvoluten war übersät mit einem Wust von Karteikärtchen, Brouillons und Freßzetteln, immer hatte er das Gesamtwerk Kafkas um sich, immer den Hufeland unter dem Kopfkissen, Krähkamp gab ihm Spritzen und Infusionen, Zäpfchen und Kapseln, Tabletten und selbstgebraute Elixiere, er sagte den denkwürdigen Satz, den mir Stirner in ein eigens dafür eröffnetes Heft diktierte, vom Bett aus: Auf den Grund Ihrer Krankheit gehen dürfen wir nicht, auf den Grund gehen Sie mit Ihrem Schreiben, und er brachte ihn immer wieder flott nach fünf bis sechs Monaten, nahtlos, sagte Stirner, wob ich am Teppich, am Gefäde, am Gebreite weiter, wo ich stehengeblieben war, eines Tages erwachte ich mit dem nächsten »Schilten«-Satz im Kopf, wurde mir wieder alles sinnlich präsent, die Mörtelkammer, die Generalsudelhefte, der Verschollenheitsnebel, die Alarmgräber mit der Sirene im Tabernakel und dem

Luftschacht, aufstehen eines Morgens und weiter im Text;

wobei wir hier, sehr geehrter Herr Generalweltkirchenratspräsident, auf eine Schwäche Stirners hinweisen müssen, die nichts mit der Kirchitis zu tun hatte, er konnte nicht abschließen, er konnte nicht enden, er trieb die Nebelfassung so weit als nur möglich und ließ sie als gigantisches Fragment stehen, er trieb die Nachtfassung mit dem dominanten Nachtunterricht so weit als nur denkbar und brach sie ab, der Korpus »Schilten« ist ein großes Zugunglück von ineinander verschachtelten fragmentarischen Fassungen, von denen jede auf ihre Weise recht hat, er wollte ja schreibend nicht gut, nicht vollkommen sein, sondern absolut recht haben wie Kohlhaas, daher wäre im Grunde genommen das Sammlungskapitel mit den ausgestopften Raubvögeln ein kompletter Roman, das Abdankungskapitel ein kompletter Roman, das Friedhofkapitel ein kompletter Roman, das Krankheitskapitel ein kompletter Roman, das Post- und Verkehrsverulkungskapitel ein kompletter Roman; wie gesagt, wie gehabt, in eine Starrkircher Totenstarrenperiode, Krähkamp jede Nacht im Pfarrhaus, Umberer jede Nacht ums Haus patroullierend, fiel die Neubestellung der Kirchenpflege, der schweißgebadete Stirner wußte, daß es um seine Existenz ging, brachte aber den Kiefer nicht auf, mußte zusehen, wie alle Maß nahmen an seinem Körper für den Sarg, es würde das Schilteske erhaltend oder vernichtend sein, wer in dieser neuen Kirchenpflege säße, Wurgisser hinterbrachte dem Malefizierten das Resultat der Wahl, Steuerlin neuer Präsident, Wunderlin, der alte, besengerade, weiterhin Kirchengutsverwalter, die Pfeuti Aktuarin, Kurattli neuer Baukommissionsvorsteher für alle Immobilienfälle, im weiteren die Schoeck aus Biberach, die Schuricht aus Romberg und der gescheiterte Seminarlehrer Jauslin aus Quittigen, im Grunde ein Todesurteil, denn es waren die Bommerianer, die obsiegten, die malignen Zentraltumore der Kerngemeinden, und wie wird denn eine solche Behörde gewählt, etwa vom kirchensteuernzahlenden Volk, mitnichten, es flattert eine Liste ins Haus, die der durchschnittlich Intelligente als Makulatur behandelt und in den Papierkorb wirft, alles Makulatur, was von der Kirche kommt, was heißt denn »Makulatur«, diktierte mir Stirner ins Krankenbulletin zuhanden Wurgissers und der Seinen, die ihn im Stich ließen, insbesondere die Geschwister, »fehlerhafte Druckbogen«, »Abfall der Papierindustrie«, stammt von lateinisch »maculatura«, »beflecktes Stück«, verwandt mit »Makel«, durch Tolggen besudelt, genau das trifft auf alles schriftlich von der Evangelischen Landessekte Kommende zu, die Pfaffia und Kaffia aber, sie nimmt ihr Stimmrecht wahr, und an einem solchen Kirchenwahlsonntag tritt sie kompakt in Erscheinung, um jeden aus der anständigen Bevölkerung stammenden Gegenkandidaten abzuschmettern, vom Bus abgeholt ballt sie sich auf der Leichenhallendecke unter der Silberlinde, ballt die Faust gegen das alte Pfarrhaus, denn dort sitzt – daß er elendiglich dahinsiecht, weiß kein Kirchlicher, keine Seelsorge, nie auch nur ein Krümelchen für den armen Lazarus – noch immer der Bommer-Vertreiber, Bommer kassiert zwar schon lang einen besseren Lohn in Stäfa an der Goldküste, einer Gegend, aus der einstens einer kommen und sagen wird: Ich bin das Karzinom Gottes, fluche Gott und stirb; zutiefst beleidigt sind die Bommerschen, das heißt, sie wollen an die Macht, und sie sind an der Macht, noch nie, Umberer, seit ich in Starrkirch ausharre, hat die Pfaffia etwas nicht durchgebracht, was sie sich in den Kopf gesetzt hat, Sie vergessen, sagte ich zum Elenden, Herr Generalweltkirchenratspräsident, daß der Kurattli-Schuricht-Schuppen, für den die königliche Studierzimmerbirke hätte gefällt werden müssen, an der Baubewilligung scheiterte, das, sagte Stirner, sind nun alles Vergeltungsaktien der neuen Aufsichtsbehörde, die als erstes freilich, bevor sie eine neue Planungs- und infolge deren eine neue Baukommission gründet, eine Pfarrwahlkommission bilden muß, die einen irgendwo in einem Herrgotts-Teufels-Winkel Frustrierten und Gestrandeten gnädig aufliest.

Ich, der Stotterer-Polterer Umberer, das

»Schlachtvieh Gottes«, so Stäbli, war es, der in der Kirchenpflege-Neuwahl-Pfarrwahlkommissions-Krankenperiode, da »Schilten« wieder einmal als Fragment zu scheitern drohte, Peter Stirner den Vorschlag unterbreitete, auf dem zweiten Theologiebildungsweg Pfarrer zu werden, so wie es der gelernte Kaufmann Stäbli angegattigt habe, Sie werden innerhalb von zwei Jahren Pfarrer und lassen sich nach Starrkirch wählen, die Stockquittiger und Erzbiberacher und Urromberger, die Bommer mit der Pfarrhausehrverletzung erbost hat, werden hinter Ihnen stehen, wir werden die Pfaffia schlagen, so wie Sie als Schriftsteller dem Ruf nach Schilten unbedingt gefolgt sind, so werden Sie eine ehrenvolle Starrkircher Berufung erleben, und das klassizistische Haus, die Sophoren, die Hortensien, die Rosen, die Rasenparterremauer zur Straße, der Pastorbirnbaum, die nördliche Bisenwand, das Gartenhaus als Sektenchalet, die Birke, die Stechpalme, der Holunder, die Zisterne, der Weiher, die Grotte, die Beerenkulturen, der Lebhag, sogar der Knöterich sind gerettet, die Kirchgemeinde wir Ihnen sogar das Studium in Basel, der Erasmus-Stadt, finanzieren, sie wird Ihnen als ihrem Kandidaten bereits den vollen Lohn zahlen; Stirner sagte, einen Augenblick aufhorchend, in der Tat, traun fürwahr, ich wäre nicht der erste, Mörike hat sich durch sein Amt geschummelt, lag lieber krank im Bett und schrieb Verse statt Predigten zu halten, er vervikarisierte seine Pfarrexistenz bis zum Geht-nicht-mehr, dann Paul Haller, hier in Starrkirch, das Unterweisungs-Sälgen, das Mannborg-Harmonium, der aber nicht an die Auferstehung, nicht an das Blut und den Leib Christi glaubte, schon gar nicht an die unbefleckte Empfängnis, diese Schweinerei, diese Urperversion, dem es immer schwerer fiel, von der Kanzel herab das starke Wort zu finden, während er im Dorf das Elend sah, das der Alkohol, das Schuldenmachen anrichteten, daher das »Juramareili«, davon werden die kommenden Generationen in bezug auf Starrkirch sprechen, nicht von Stäbli-Bommer-van Doelen; nein, sehen Sie, Umberer, diktierte er mir für ein Haller-Gedenkblatt ins antiklerikale Gefechtsjournal, obwohl ich nicht minder zungenfertig – »hast erwählt eine listige Zunge«, Hiob 15,5 – die Gemeinde anlügen könnte wie Stäbli-Bommer-van Doelen und seit neuestem Wermelinger, obwohl nach Nietzsche die Dichter, wollen sie die Wahrheit sagen, lügen müssen – doch pastorliche Seelenveruntreuer sind keine Dichter –, obwohl ich diese Tragikomödie ebensoleicht inszenierte wie jeder meiner Vorgänger, wäre es mir zutiefst zuwider, die geisteskranke, nachfolgejesuwahnsinnige Minderheit der Gemeinden so schamlos auszubeuten, wie es die staatlich besoldeten Pfarrer tun – ins Privatrecht mit ihnen, ins Privatrecht –, da hilft keine Birke, keine Grotte, keine Wasserkunst – o die reine Musik des Eichendorffplätscherns in meinen Ohren zum Duft der Clematis vitalba –, ich würde, wäre ich Pfarrer, den Tempel räumen lassen von diesen Jenseits-Straßenwucherern, meine Bewerbung wäre zugleich meine Demission, so wie Schildknechts Rechenschaftsgesuch zugleich seine Selbstjustizentlassung ist, das Schwindeln von der Kanzel herunter, das Bommer so meisterhaft verstand, daß Wunderlin, der Besen, einmal aufstand aus dem Chorgestühl und in die Predigt rief: Jetzt lügen Sie, Herr Pfarrer, ginge ja noch, aber dann die Unterweisung der Präparanden und Konfirmanden, ich würde sie ja nur darauf vorbereiten, anläßlich der Konfirmation, lateinisch »confirmatio«, »Befestigung«, »Stärkung«, das Apostolische Glaubensbekenntnis zu verweigern, den definitiven Austritt aus der Kirche anzukündigen, glauben Sie denn, Umberer, auch nur ein einziges von den Schäflein, die da drüben im Sigristenhaus und auf Stock zwei Jahre lang ideologisch indoktriniert werden, verirre sich im späteren Leben noch einmal in ein Gotteshaus, zur Besichtigung, ja, liebe Bänke, liebe Balken, liebe Orgelpfeifen, in eine Kathedrale, ja, ins architektonische Gottesmuseum, wir werden noch den Tag erleben, wo es im Inseratenteil der Zeitung nicht nur heißt »Pfarrhaus zu vermieten«, sondern »Kirche zu vermieten«, ein guter Fußballklub fördert seine Junioren, die Evangelische Landessekte verscherzt die Jugend auf immer, sie richtet ihr den Tonnenkeller ein, jeder Nagel von Konrad persönlich eingeschlagen, die Jugend benützt ihn nicht, sie baut ihr den Bunker auf Stock, die Jugend pfeift darauf, so seelisch kaputt und am Boden zerstört ist zum Glück noch kein Präparand und Konfirmand – präparieren heißt Vögel ausstopfen –, daß er der Kirche auch nur den kleinen Finger geben würde, nachdem er zwei Jahre lang vorsätzlich in die Irre geleitet, zum Gottesdienst gezwungen worden ist – ich, Umberer, führe die Absenzenkontrolle – im Gegenteil, am Palmsonntag atmen alle erleichtert auf, gegen die Taufe konnten sie sich nicht wehren, was ein Skandal ist in Anbetracht der verfassungsmäßig gewährleisteten Glaubens- und Kultusfreiheit, gegen die Taufe nicht, aber doch gegen die Konfirmation; es gibt immer zwei Argumente, Umberer, weshalb Eltern, welche die Kirche nicht in Anspruch nehmen, nicht die Konsequenzen ziehen und aus dieser Institution austreten, zum einen glauben sie, sie würden nicht beerdigt, was ein Unsinn ist, das Bestattungswesen ist eine kommunale Sache, nicht wahr, Wurgisser, jedem Toten steht sein Platz auf dem Starrkircher Friedhof zu, nur das Geläute fällt aus und der Pfarrer spricht nicht, und das ist ja wohl ein Gewinn; zum andern sagen sie, der Kinder wegen, was heißt das, der Kinder wegen, sie meinen, als Nichtkonfirmierte litten ihre Söhne und Töchter unter dem Außenseitertum, das Gegenteil ist richtig, die das Glaubensbekenntnis hervorwürgen, Wurgisser, Sie mit Ihren Schluckbeschwerden – i wil's verwurge – gäben viel darum, wenn sie ihre Eltern von dieser aufgenötigten Gesellschaftslüge befreit hätten, gerade der Kinder wegen muß man austreten, solange die Eltern in dieser Hinhaltetaktik Von-der-Wiege-bis-zur-Bahre verharren, die Taufe bejahen, die Leichenrede bejahen, wuchert das Übel der Evangelischen Landessekte fort und fort bis ins siebente Glied, mit Pauken und Trompeten, mit Glanz und Gloria, Knall auf Fall den Austritt erklären, gerade der Kinder wegen und mit der Vorsorgemaßnahme, daß am Begräbnis nicht derjenige über den Toten spricht, der am wenigsten von ihm versteht, weshalb er schamlos Gottesreklame macht, so sprecht mir denn alle nach im Chor der wahrheitsgetreuen Opposition, liebe Konfirmandinnen und Konfirmanden: »Ich glaube nicht an Gott, den Vater, den Allmächtigen, den Schöpfer des Himmels und der Erde, und nicht an Jesus Christus, seinen eingeborenen Sohn, unsern Herrn, empfangen durch den Heiligen Geist, geboren von der Jungfrau Maria, gelitten unter Pontius Pilatus, gekreuzigt, gestorben und begraben, hinabgestiegen in das Reich des Todes, am dritten Tag auferstanden von den Toten« – der alte Scheintotentrick östlicher Schamanen – »aufgefahren in den Himmel; er sitzt nicht zur Rechten Gottes, des allmächtigen Vaters; von dort wird er nicht kommen, zu richten die Lebenden und die Toten. Ich glaube nicht an den Heiligen Geist, die heilige allgemeine christliche Kirche, Gemeinschaft der Heiligen, Vergebung der Sünden, Auferstehung der Toten und das ewige Leben«, Paulanus 145,16 folgende.

Ich bemühte mich, Herr Generalweltkirchenratspräsident, dies alles fehlerfrei zu notieren an Stirners Krankenbett, das im Grunde eine Daunenzitadelle war, stoße ich als notorischer Stotterer immer wieder mit der Zunge an, das klonische Stottern, gelingt mir der Fluß von Silbe zu Silbe nicht, das sogenannte Syllabieren, verschlucke ich handkehrum als armer Schlucker und Polterer ganze Endungen und Wortteile; verfalle ich angesichts des Kirchenbetriebs bald ins Bra-Bra-Bra-bbeln, weil verbiestert, gelähmt, bald ins Wörterüberhasten wie der Aufbrausende, verfüge ich dank Stirners Schulung über ein streitbares, pasquilläres Abrechnungsschriftdeutsch, und wenn ich so wenig von meinem Vegetieren in der Zelle des Brugger Käfigturms berichte, so deshalb, weil meine Wände genauso tapeziert sind mit Materialien zum »Schuß auf die Kanzel« wie Stirners fünf Pfarrhauszimmer mit Tabellen, Fotos und Karten zu »Schilten«. Was ihm »Schilten«, ist mir der »Schuß auf die Kanzel«, wobei genaugenommen schon sein Roman ein Schuß auf die Kanzel war, nur hat es niemand gemerkt, er hat wie die großen Zauberer perfekt simuliert und dissimuliert, Schilten angetäuscht, damit alle Schlüsselroman-Querelen ins Schilttal hinaufeskamotiert, um frei und ungeschoren über Bruder Stäbli und die Erz-Jesu-Gemeinde sprechen zu können, und sehen Sie, Herr Generalweltkirchenratspräsident, für den Fall eines Falles, wie man so euphemistisch sagt, bin auch ich im Besitz jener Zyankali-Kapseln, mit denen Stirner sich vergiftet hat, die allerletzte und perfekte Kunstvergiftung als Antwort auf die Gottesvergiftung. Nieder mit der Pfaffia, es lebe das Zyankali!

Nun sah zunächst alles viel harmloser aus, die neue Kirchenpflege unter Steuerlin versicherte Stirner ihres Wohlwollens und bestätigte sogar, wie froh sie um seine Mietertreue sei, da die Gemeinde immer noch Schulden zu tilgen habe betreffs Stock, »nimm weg die Schulden deines Knechts«, 2 Samuel 24,10, das alte Pfarrhaus komme definitiv nicht mehr als Pfarrwohnung in Betracht, wissen Sie, gleisnerte Steuerlin, die Pfarrherren sind anspruchsvoll geworden, aha, diktierte mir Stirner, kaum genesen, im Gartenhaus auf der alten Lätsch-Sektenbank ins antiklerikale Gefechtsjournal, da sprach einer ein großes Wort gelassen aus; Steuerlin habe sich erkundigt, ob die Kohlen jeweils rechtzeitig geliefert würden für den alten Strebel-Werk-Kessel im Keller, acht Tonnen, Umberer, verfeuere ich in einem harten Winter, was allerdings ist ein harter Winter in den Augen Wurgissers, nun, wenn im Jänner und im Hornung, im Schiltener Kristall- und

Beinwinter ein halbes Dutzend Erdbestattungen anfallen, dann den hartgefrorenen Lätt aufzupickeln, sei das Schlimmste, alles glazial verhärtet bis hinunter zum schwarzgelb zerquetschten Sarg der Jahrgänger-Vorleiche, die Jahrgänger-Vorleiche, die 25 Jahre im Verlies gelegen habe, herauszuholen, sei das Fledderischste, was man sich überhaupt vorstellen könne, nur die Abdankung des Kohlensacks sei noch leichenfledderischer, man vergleiche Artikel 262 des Strafgesetzbuches, »Störung des Totenfriedens«, wer die Ruhestätte eines Toten in roher Weise verunehre, wer eine Leichenfeier böswillig störe – was bei meinem Schuß auf die Kanzel der Fall war, in Tateinheit mit vorsätzlicher Tötung –, wer einen Leichnam oder Teile desselben oder die Asche eines Toten etcetera, Gefängnis oder Buße, etcetera, Herrgott Sackerment, Wurgisser, ist denn nach 25 Jahren der Totenfriede verjährt, »und hat nun seinen Frieden gefunden«, für wie lange denn, wann, genau, findet die Auferstehung statt, also es ist so, diktierte mir Stirner auf dem Bullaugenabort neben den Zinkwaschbarren der ehemaligen Lätsch-Stündeler, dem umfassenden Werk »Resurrectio Mortuorum« von Kremer/Grehaske entnehme ich, daß es eine doppelte Zukunftserwartung gibt, einerseits die Auferstehung nach dem Tod, anderseits die Prophezeiung des Gottesreiches. Bei Paulus und Johannes steht der Sieg über den Tod derart totalitär im Vordergrund, daß er die Gegenwart des glaubenden Menschen zugleich mit seiner Zukunft erfaßt. »Ich bin die Auferstehung und das Leben«, sagt Christus, der Gottesneurotiker, Ewigkeit gilt heute gleich wie morgen. Im Kampf gegen die Gnostiker betonten die Katholizismus-Scholarchen die konkrete Auferstehung des ganzen fleischlichen Menschen, doch erst in der Wiederkunft des Herrn, der das Reich Gottes bringt, hat dieser ganze Mensch das neue Leben. Dies, sagte Stirner, sind alles Irrealien aus den Tot-und-was-dann-Sitzungen. In der Zwischenzeit, beginnend mit dem Tode, lebt die Seele in einem Wartestand. Wir können uns darunter am besten einen gipsernen Walhalla-Wartesaal mit langen Lätsch-Bänken an den Wänden und Ölfunzeln vorstellen. Wartesaal, hast du's, Umberer? W-W-W-al-h-h-h-alla-W-W-W-artel-l-l. Ich zitiere den Bischof Irenäus von Lyon, der da sagte: »Die Seelen gehen an einen ihnen von Gott bestimmten Ort und verweilen dort wartend bis zur Auferstehung. Dann erst, wenn sie ihren Leib zurückempfangen haben und vollständig, das heißt leiblich auferstanden sind, wie der Herr selbst auferstand, werden sie zur Anschauung Gottes kommen.« Thomas von Aquin behauptete die Schau der göttlichen Seligkeit durch die Seele allein, obschon diese ohne den Leib nur ein Krüppelwesen sei und nicht Person genannt werden könne. Die für sich existierende Seele verlange daher sehnsüchtig nach der Leiblichkeit, so schaue sie hoffend aus auf den jüngsten Tag. Martin Luther war es, der die Zeitvorstellung beseitigte. Der Mensch komme mit seinem Tod unmittelbar zur Auferstehung, zum Gericht und zur Gottesbegegnung. »Weil nun vor Gottes Angesicht keine Rechnung der Zeit ist, so müssen tausend Jahre für ihn sein, als wäre es ein Tag. Darum ist ihm der erste Mensch Adam so nah als der zum letzten geboren wird.« Ein Todesschlaf tilgt die Dauer, jedem wird sein eigener Tod zum jüngsten Tag.

Aber das ist ja Wahnsinn, rief Stirner ins leere Treppenhaus, auf dem Abort höckelnd, die Wasserspülung ziehend, das deckt sich ja haargenau mit den spinnerten Theorien der Adventisten, die Adventisten haben darüber hinaus eine Marktlücke unter den Gläubigen, die zu faul oder zu dumm oder zu frustriert sind, ihr Leben konsequent zu Ende zu denken, entdeckt. Naive Maler der Erlösung wie Stäbli oder die Lismersche fragen immer wieder: wann? Darum kassiert Schugger Leo soviel Trinkgeld, weil er behauptet: Habe den Herrn gesehen. Wann kommt er denn? Also die Frage der Parusie, Umberer. Die Adventisten, hervorgegangen aus den amerikanischen Baptisten, haben den Termin für die Wiederkunft Christi vom Zeitpunkt der Französischen Revolution aufs Jahr genau vorausgesagt. Als der Tag X verstrich und die Großillusion nicht stattfand, mußten sich die Adventisten, die in der Kapelle auf dem Chrättlihoger so zahlreich versammelt sind wie die Evangelischen Landessektierer an einem durchschnittlichen Sonntag, etwas einfallen lassen. Sie erklärten, man habe die vom Evangelisten Markus beschriebene Thronwolke, auf der Christus mit seinen Engeln herniederschweben sollte, eines Gewitters wegen übersehen – mischen dann kühn enharmonisch modulierend den Zeus ein –, sagen, der Messias weile unter uns, aber nur die Auserwählten könnten ihn erkennen, wenn die Schuppen der Sünden von den Augen fielen, also nur die Adventisten. Mit welchem Recht, lieber Umberer, vielmehr kraft welchen Unrechts zahlen die Bürger von Quittigen-Romberg-Biberach keine Adventisten-Steuern?

Was die neue Kirchenpflege unter Steuerlin betraf, kam sie insofern den Adventisten nahe, als sie auf den kommenden Herrn – den Pfarrherrn – starrte wie auf das große Wunder. Samt und sonders Parusie-Parasiten, Umberer, P-P-P-a-a-a-rusi-ten. Und da nahm das Verhängnis seinen Anfang, Herr Generalweltkirchenratspräsident. Wieder hätte nach dem schmählichen Konkurs van Doelens die Möglichkeit bestanden, die beiden Pfarrstellen zusammenzulegen. Man hätte ja noch einen Vikar für ein paar Präparandenstunden anheuern können. Auch als Allein-Gottes-Wort-Verkünder, als Solist sozusagen – warum eigentlich Gottesdienst und nicht Menschendienst? – wäre es Dekan Wermelinger schwer genug gefallen, die zahlreichen, luxuriös ausgestatteten Räume auf Stock mit Gruppen zu füllen. Stock stand die meiste Zeit als Wohlstandsruine der kirchlichen Immobilienexpansionspolitik leer, – im Quittiger Volksmund der hohle Stockzahn –, und der Grundirrtum war ja die Meinung, haben wir erst Räume, kommen die Leute. Gerade wo nicht »kein Raum in der Herberge« ist, bleiben die Leute aus. Dies, diktierte mir Stirner ins antiklerikale Gefechtsjournal, hat etwas zu tun mit der Locophobie der Gläubigen. Entweder spricht der Herr zu ihnen in der guten Stube oder gar nicht. Es hat etwas zu tun mit der in kleinste Parzellen eingezonten regionalistischen Gläubigkeit der Evangelischen Landessektierer. Ein Biberacher aus dem Fröschengiebel pilgert doch nicht nach Stock zu einem Wir-teilen-den-Fisch-Petri-Essen, und mag im Cheminée noch so schönes Birkenholz lodern. Mit dem sonntäglichen Kirchgang dagegen verbindet sich für die Stockquittiger und Erzbiberacher noch allerlei abergläubischer Bafel. Leute, die den Sonntagsgottesdienst versäumen und knechtliche Arbeit tun in dieser Zeit, gehen nach dem Tode. Im Badischen heißt es: Almosen geben armet nicht, Messe hören saumet nicht. Wenn jemand direkt vom Felde weg zur Kirche geht, pflügen in der Zwischenzeit die Engel den Acker. Allerlei Aberglauben hängt auch mit dem Kirchweg zusammen, den man nicht ungestraft abkürzen darf. Man meidet etwa die Landstraße, wie man das auch bei Leichenbegängnissen tut. Daher der spezielle Hellweg, mit dem der Kirchensteig nicht zusammenfallen darf. Innerhalb des Dorfes soll der Täufling nicht durch Seitengässchen oder Gärten getragen werden, ansonsten stirbt er an der Schwindsucht. Fronfastenkinder haben beim Kirchgang prophetische Gesichte und sehen die Toten des kommenden Jahres an sich vorüberziehen. Man nennt sie Kirchgangschauer. In Biberach, so Wurgisser, lebte bis vor kurzem eine Kirchgangschauerin, die Gisson Lina, 1879–1974, »Zu früh für uns«, Schwedisch-Schwarz-Granit, einseitig poliert, gehört zur Klasse der Fonds-Gräber. Die Gisson Lina hätten nicht zehn Pferde ins Foyer von Stock gebracht, geschweige denn in den Saal. Stock war an der knorzigen Eigenbrötlerfrömmigkeit der alten Leute vorbei geplant worden, Herr Generalweltkirchenratspräsident.

Diese Stockabstinenz gerade der Kirchentreusten machte Wermelinger schwer zu schaffen. Stock, kann man sagen, lag ihm auf dem Magen. Darum spielte er mit dem Gedanken, ins alte Pfarrhaus umzuziehen, was gerüchteweise über den Friedhof wiederum Stirner zugetragen wurde. Da, Umberer, kroch ich zu Kreuze, bat um einen Hausbesuch Steuerlins, Wermelingers, Wunderlins und der Gygaxschen, die für die bereits frustrierte Schuricht nachgerückt war. Stirner bewirtete die Delegation im Bademantel – die Multiple Klerusose – mit

Schinkengipfeli und Hasenbergler, während ich, Umberer, bei solchen Gelegenheiten der Butler, alles protokollierte. Stirner führte die Gruppe durch alle Zimmer, zeigte ihnen die Planskizzen zu »Schilten«, die an den Wänden festgepinnt waren. Zeigte ihnen den Leitz-Ordner »Scheintod«, den Leitz-Ordner »Verschollenheit«, den Leitz-Ordner »Totengräberei«, den Leitz-Ordner »Harmonium«, den Leitz-Ordner »Turnhallen«, den Leitz-Ordner »Vögelpräparieren«, den Leitz-Ordner »Turmuhren«. Er zeigte ihnen das Korpus »Schilten«, acht fragmentarische Fassungen im Gesamtumfang von 5 000 Seiten. Er erklärte ihnen das Strukturprinzip, die flexible Motivtabelle, die Karte mit den Flurnamenfähnchen, das Kommunikationsschema der einzelnen Figuren. Wenn ihr mir das Pfarrhaus wegnehmt, ist die Arbeit von dreieinhalb Jahren im Eimer. Er zeigte ihnen den zweifach liegenden Pfettendachstuhl im Estrich und las ihnen an Ort die entsprechende Stelle aus der fünften Fassung vor. Zimmermannstücke-Zimmermannstücke, repetierte Wunderlin. Stirner umarmte plötzlich mich, Ambros Umberer, und lurggte: Was wiggerst du wieder auf dem Estrich herum? Stirner, immer im gestreiften Morgenrock und in Pantoffeln, stieg mit den Herrschaften in den Kohlenkeller hinunter, zeigte ihnen die Schaufel, die Krücke, das Schüreisen, betätigte den Lüftungsregler, öffnete das Türchen und schippte Kohle nach auf die glosende Glut. Das ist der Maschinenraum von »Schilten«, dieser Strebelwerkkessel hält den Roman in Fahrt. Hier im Brugger Käfigturm beim Rauschen der Aare, nahe dem von Stirner immer wieder aufgesuchten Geburtshaus von Paul Haller in Rein, vergegenwärtige ich mir die Szene noch einmal haargenau, gestützt auf das Protokoll, nur der Zellenhäftling hat den Überblick, die Schärfe der Erinnerung. Die Delegation war so beeindruckt von dieser Schauplatzsymbiose, daß Steuerlin, Wermelinger, Wunderlin und die Gygaxsche hoch und heilig versprachen, das Haus bleibe ihm weitere drei Jahre erhalten, man werde dieses Traktandum an der Wintergemeinde zur Abstimmung bringen. Vertragserneuerung per Handschlag bedarf der Gutheißung durch den Souverän. Stirner atmete auf, entkorkte noch drei Flaschen Hasenbergler, Umberer bot Zigarren aus dem Wynental an, das Gespräch dauerte bis in die späte Nacht. Wermelinger immer wieder: auch er Geistesarbeiter, auch er verwurzelt mit der Heimarbeitsstätte, auch er an einem Roman, dem Roman »Mached enand s'Läbe gfreuter«, den der unglückliche Bommer begonnen, die Kirche schon immer ein Hort für die Künstler, auch er acht Fassungen für eine Predigt, auch für ihn Schauplatzsymbiose zwischen Quittigen und dem Heiligen Land, auch Christus ein Schildknecht, er aber nicht im Nebel dozierend, in Gottes strahlender Herrlichkeit, auch ihm manchmal ein Schäflein entronnen, auch er eine

Einheitsförderklasse, die Präparanden und Konfirmanden, auch er das Präparieren im Sinne von Ausstopfen vermeidend, auch er, auch er, auch er, dankbar für diesen warmen Kontakt, Kontakt weiterpflegen, von Pfarrhaus zu Pfarrhaus, vom Theologen zum Schriftsteller, auch Stirner im tiefsten Sinn religiös, gebunden an eine höhere Sache, dies ernst nehmen, den Jungen ins Gewissen reden, über den Roman zur Kirche führen, dort erst das wahre Schöpferische, dort erst der wahre Schöpfer, größer als der Autor, sichtbar machen, was stärker als das Ich, ornamentalen Willen brechen, steinigen Pfad gehen, ja wer würfe den ersten Stein, aber in einem Glashaus sitzen, Kirche transparent machen, auch er zu Hause Schüreisen und Krücke, wenn auch im übertragenen Sinn, auch er die Gemeinde in Fahrt bringen, Stock vorderhand noch ein Luxusdampfer, Ratten wieder auf das steigende Schiff holen, kirchliches Zentrum Starrkirch, hier erstarrte Traditionen aufweichen, auch er Sinn für den Friedhof, Nekropolis aber nur Durchgangsstation, alle nach Osten blicken, dort die Auferstehung und das Licht, interessant, daß Stirner nach Osten orientiert arbeite, sozusagen geostet schreibe, auch er viel schreiben, manchmal ein Gedicht, aber immer Papierkorb, Pfarrer und Schriftsteller viele Papierkörbe, etcetera blaballera.

Und wie immer, wenn Gottes Wort mit dem Rechtswort verquickt wird, kam es zum Reinfall.

Kein Traktandum »Vertragsverlängerung mit Mieter Stirner« an der Kirchgemeindeversammlung vom 23. November 1975. Als Stirner unter »Verschiedenes und Umfrage« die Kirchenpflege an ihr Versprechen erinnerte, entgegnete ihm Kurattli, er könne in eigener Sache keinen Antrag stellen, die Kirche könne keine bindenden Zusagen machen, es bleibe bei der alten Regelung. Warum wohl? Fragen wir am besten Wurgisser, sagte ich anderntags zum völlig konsternierten Stirner, auf dem Friedhof wird immer die neueste Zeitung ausgetragen. Wurgisser kniete unter der Trauerweide im Nordsektor beim Urnengrab Bolliger Samuel, 1911–1972, »Ich bin die Auferstehung und das Leben«, ein Travertin, und nörzte und sabberte, ja, d'Mäinig isch, man erzähle sich in Biberach, er habe von Wunderlin gehört, in Quittigen gehe das Gerücht, man munkle in gewissen Romberger Kreisen. Der langen Radebrecherei kurzer Sinn war der, daß ein Theologiestudent kurz vor dem Examensabschluß auf Starrkirch und das alte Pfarrhaus spekuliere, cand. theol. Nathanael Schmuhel aus Speuz. Halten Sie inne und fest, Herr Generalweltkirchenratspräsident, an diesem niesligen 24. November 1975 bei Bolliger Samuels Travertin fiel zum ersten Mal der Name des von mir Abgeknallten, von da an hatte Nathanael Schmuhel noch genau 478 Tage zu leben. Was man denn mit dem Terrassenhaus zu unternehmen gedenke. Nun, so Wurgisser, das lasse sich ja immer verkaufen, und übrigens, d'Mäinig isch, ein Pfarrer gehöre ja eigentlich auch nicht in ein Terrassenhaus, man wolle ihn doch nicht in einer Siedlung suchen und im Vergäss den falschen Läutknopf drücken, man müßte das alte Pfarrhaus halt proper zwägmache. Ist, fragte Stirner, dies Ihre unverbrüchliche Meinung, Wurgisser, ich habe immer zu Ihnen gehalten, Sie waren mir ein Vorbild, für Wiederkehr und auch sonst, denken Sie an das Klappmetergespräch. Wurgisser kratzte sich hinter den Ohren und im Bürstenschnitt, ahbah, kommt in die Werkstatt und trinkt ein Holderebrönz. Als Strauch, der ein getreuer Begleiter des Menschen ist und ohne besondere Pflege bei dessen Wohnung wächst, steht der Holunder seit alters in hohen Ehren. Vor dem Holunder muß man den Hut abnehmen, lautet ein weit verbreiteter Bauernspruch. Wenn der Holunder verdorrt, muß ein Familienmitglied sterben. Der Sippen-Vegetationsgeist steckt in diesem Baum. Nach dem Glauben der alten Preußen wohnte unter dem Holunder der Erdengott Puschkaitis, dem man Brot, Bier und andere Speisen opferte. Wenn einem Holunder die Äste gestutzt werden mußten, pflegte man nach dem Bericht des nordschleswigschen Pastors Arnkiel mit gebeugten Knien, entblößtem Haupt und gefalteten Händen zu sprechen: Frau Elhorn gibt mir was von deinem Holze, dann will ich dir von meinem auch was geben, wenn es wächst im Walde. In der Nacht vom Gründonnerstag auf Karfreitag mit dem Zwölfuhrschlag muß man auf dem Kirchhof einen Holunderzweig abschneiden und aushöhlen, damit kann man am Karfreitag während des Gottesdienstes die Hexen erkennen. Mit einem Holunderstab wird das Maß für den Sarg genommen. In der sympathetischen Medizin spielt der Holunder unter allen heimischen Sträuchern wohl die bedeutsamste Rolle. Gegen die Knerren, Wurgisser, die Halsschmerzen also, ist Holunderschnaps gut. Holunderschnaps entdüstert die Schwarzhalligkeit des Gemüts. Hat eine Kuh die Völle, so gibt man ihr einen Holunderprügel ins Maul. Den skrofulösen Kranken zieht man an Johanni unter einem umgebogenen Holunderzweig durch. Holunderschnaps reibt man ein gegen alle möglichen Gebresten, Gicht und Rheuma. Wir tranken also in der Totengräber-Werkstatt, und ich weiß, daß ich Wurgisser gegen mich haben werde, Umberer, sagte mir Stirner anschließend im Bibelkarner.

Geschwächt die Phalanx Stirner-Wurgisser-Umberer. Dies, diktierte mir Stirner ins antiklerikale Gefechtsjournal, dürfe um so weniger sein, als ihm nach dem neulichen Vorabdruck eines Fragmentes aus »Schilten« in der Neuen Zürcher Zeitung eine echte Adelheid Binswanger geschrieben habe, sie möchte Schildknechts Geliebte werden, der Roman vom Schulmeister und dem Tod sei nur dann ein großer Roman, wenn auch eine Liebesgeschichte darin vorkomme, Liebe und Tod seien die einzigen großen Themen der Literatur, sie, Adelheid Binswanger, sei ein anerkannt hübsches Mädchen, sie lege ihrem Brief ein Foto bei, sie werde dem Autor keine Ruhe lassen, bis er sie in den Roman aufgenommen habe. Das bedeutet, Umberer, daß ich das nun auf die Nachtfassung geschrumpfte Korpus noch einmal umschmieden muß, das heißt nichts weniger, als daß einige Kernsätze von »Schilten« nicht mit »Herr Inspektor« enden müssen – der berühmte Schildknechtsche Appelativ, der in der Luft hängt –, sondern mit »nicht wahr, Adelheid«. Stirner zeigte mir im Bibelkarner, seiner Mörtelkammer, dieses Foto, und er kniete vor ihm nieder, zu sehen war ein Mädchenantlitz, das einem nur das Wort Kairos entlockte, angedeuteter Mittelscheitel des vermutlich dunkelblonden, großflächig gewellten, in die Stirn kräuselnden Haares, eine Lachmandorla, die Lippen aber geschlossen, breite Lippen, Wangengrübchen, auf der rechten Seite eine richtige Delle, die feine Wölbung der Backenknochen, die rechte Hand langte unter das Haar und hinter das Ohr, so daß der Ellbogen in einer bunt gestrickten Jacke – Farben dachten wir uns aus, Farben! – sich dem Betrachter entgegenstemmte, etwas Fliegendes, jäh Aufflammendes, jäh Bereites, jäh, sagte Stirner, muß ihr Lieblingswort sein, weiter Augenabstand, die linke Braue etwas höher als die rechte, und dieser Mailänder Engel, wie komme ich bloß auf Mailand, will Platz nehmen in Schildknechts Leben, Umberer, wir können es ihm nicht verwehren, n-n-n-ichtehrn, um so länger, um so dringender brauche ich das alte Pfarrhaus.

So fielen die erlösende Nicht-wahr-Adelheid- und die Schmuhel-Wendung genau zusammen, und Stirner war dem Verzweifeln nahe. Hinzu kam die im Frühjahr 1976 begonnene Friedhoferweiterung, Tag für Tag baggerten Raupentraktoren die nördlich der Terrasse abfallende Chilenegg von Starrkirch um, Riesensauerier mit Reißzähnen, das Erdreich, Umberers Domäne, wurde gepflügt, der Lebhag ausgerissen, tiefe Wurzelkrater, die Beerenkulturen, darunter die Holundersträuche, umgelegt, der Baulärm verwandelte die »Schilten«-Werkstatt in eine höllische Schmiede, man kann, diktierte mir Stirner ins antiklerikale Gefechtsjournal, praktisch nur noch in den Nächten und an den Wochenenden arbeiten, auf der einen Seite finde ich es logisch, daß genau das passiert, was Armin Schildknecht immer befürchtet, daß Wiederkehrs Friedhof gegen das Schulhaus vorrückt, das Lehrschlößchen umzingelt, die Sektenturnkapelle einfriedet, und die Landschaftsplaner, die in Stiefeln durch den aufgebrochenen Lätt stapften, würden bald durch die Architekten ersetzt werden, welche den hintersten Winkel im alten Pfarrhaus ausmäßen für die Renovation, Maß nehmen, sagte Stirner, an meiner Scheintotenleiche für den Tod, einerseits ist es ja verständlich, daß der Raum für die Toten, die Toten, die größeren Heere, auf Starrkirch zu knapp wird, ja es offenbart die totale Pleite der Evangelischen Landessekte, daß die Kirche immer größer und hohler, der Friedhof dagegen immer kleiner und überbevölkerter wird, von mittlerweile 781 auf 1200 Gräber aufstocken, wo ich meinen Holunder und meine Brombeeren las, Stunden im Garten, lieber Umberer, eine Villiger Tobajara zwischen den Lippen, wird nun die monumentale Plastik von Schertenleib stehen, das aufgerichtete und horizontal über Eck gelegte Kreuz, ein Mahnmal, linkerhand geht es dann zum Grab des unbekannten Toten, geradeaus weiter zu den Terrassen der Urnen, auch die Selbstmörderecke, nein, die wurde abgeschafft, das Buchsbaumlabyrinth südlich des Turms wird entfernt, die Petrefakten geschleift, damit ein Rasenplatz als Aussichtsbalkon entsteht mit freiem Blick über die Aareauen und die ersten Hügelzüge der Molassetäler, meine Heimat, Umberer, das Stumpenland, er hatte zwar, Herr Generalweltkirchenratspräsident, nun auf drei Seiten Aussicht auf den neuen Friedhof, auf der vierten wohnte der Totengräber, aber über den Sigristengiebel hinweg ging der Blick ins Stumpenland, der Tabak war seine Heimat, er wäre am liebsten Tabakkaufmann geworden und nicht Schriftsteller, die Nikotinschäden in Kauf nehmend, das Gift, wie er sagte, der Mitgift, aber auch das Pneuma, den Lungenwind, den würzigen, Havanna, Sumatra, Brasil, dieser Dreiklang meiner im blauen Dunst liegenden Kindheit, manchmal griff er ihn auf dem Harmonium, absteigende Quartsextakkorde, sein nächstes Projekt waren die Tabak-Buddenbrooks, während er »Schilten« nicht zu Ende brachte, hatte er schon drei Generationen der »Tabak-Buddenbrooks« im Kopf, es muß immer der eine Roman den andern überlappen, weil wir die Lücke, die abzeittiefe Klamm, das epische Interregnum, das Versiegen der Quelle nicht ertrügen, die Kurve »Schilten« nehmen und hineinsteuern in das Labyrinth der »Tabak-Buddenbrooks«.

Die Friedhofwüteriche machten alles dem Erdboden gleich, da unten, sagte Stirner, und ich spreche es an meine Zellenwände, liegt noch eine Stadt, Nekropolis, darüber kann man nicht alles planieren, mit dem Sturmgewehr verteidige ich die beiden Sophoren, wenn es sein muß, ihre Wurzeln drückten die handlaufhohe Bruchsteinmauer, die das Rasenparterre gegen die Straße abgrenzte, nach außen, was Pfaffia-Kaffia-Gänger aus Quittigen störte, nieder mit der Mauer, diktierten sie der Friedhofkommission, aber Stirner setzte durch, daß die Mauer nur gehöhlt wurde, so daß das Wurzelwerk, dem stammsymmetrisch das Gekröse der Krone entsprach, sich ausbreiten konnte, tötet man die Sophora japonica, bei den Nipponesen das Symbol für die Schriftkunst, tötet man mich, Stirner, und vor allem dich, Umberer, denn, sagte er immer, das ist das Umberer-Portal zu meiner klassizistischen Bauhütte, links eine verkröpfte Umbererstatue, rechts eine verkröpfte Umbererstatue, dann der mit Grabstellriemen eingefaßte Weg, dann die beiden ins Löschpapierviolett hinübergilbenden Hortensien, dies wird der Garten Gethsemane, und einer, nein alle werden dich verraten.

Ich betone hier in meiner Zelle im Brugger Käfigturm, Herr Generalweltkirchenratspräsident, daß es die Pfaffia war, die mit diesem Fall an die Öffentlichkeit ging, die Pfaffia beschritt den journaillistischen statt den humanen Weg, sinnigerweise in jener Mai-Ausgabe des »Kirchenboten«, dessen Leitartikel »Verbi Divini Minister« den Beruf des Pfarrers umschrieb. Da hieß es, der Pfarrer müsse es mit den Jungen können und auch mit den Alten – wo, bitte, mit welchen Jungen? –, er müsse ernst sein und lustig und es mit keinem verderben, er solle fromm sein und jassen können, ein Mensch wie jeder andere sein und dann doch wieder nicht »auch nur ein Mensch«, er müsse mutig über allen Parteien stehen, auf allen Klavieren spielen und zugleich seine Worte auf die Goldwaage legen. Freilich, der Verfasser zitierte auch das kluge Wort Kierkegaards: »Von nichts kann man nicht leben, und gerade die Pfarrer bringen das zuwege: das Christentum existiert nicht, aber sie leben davon.« Wenn er nach einjährigem Vikariat zum Pfarrdienst ordiniert werde, gelobe er: »Christus und seiner Kirche in Treue zu dienen, sein Wort nach der Heiligen Schrift zu lehren und zu predigen und sich im Leben vom Geist des Evangeliums bestimmen zu lassen.« Dies, diktierte mir Stirner im Springbrunnen-Clematis-Zimmer ins antiklerikale Gefechtsjournal, wäre sozusagen der hippokratische Eid der Pfarrer, aber während der Arzt gehalten ist, das Leben seines Patienten zu schützen und zu erhalten, also dem Tod zu trotzen, laufen Predigt und Seelenveruntreuung darauf hinaus, es zu verkürzen und mortabel zu machen. Item, im selben »Kirchenboten«, der mit dem Artikel »Verbi Divini Minister« begann, stand auf der letzten Seite, dort wo in den Tageszeitungen immer die kurz vor Redaktionsschluß eingegangenen Hiobsbotschaften plaziert sind, unter »Reformierte Gemeinde Starrkirch«: »Die Baukommission Pfarrhaus Starrkirch hat ihre Arbeit aufgenommen. Starrkirch ist das natürliche Zentrum unserer Kirchengemeinde. Dort versammeln wir uns aus den verschiedenen Gemeindeteilen zum sonntäglichen Gottesdienst. Alte und Junge. Alteingesessene und Neuzugezogene kommen, um Wegweisung« – Immobiliendirektiven, Herr Genralweltkirchenratspräsident – »für den Alltag und die Gemeinschaft zu finden. Die Kirchenpflege ist bestrebt, das Zusammengehörigkeitsgefühl der Gemeindeglieder zu fördern, und möchte zu diesem Zweck das alte Pfarrhaus durch bauliche Umgestaltung und Ausbau zu einem Ort der Begegnung und zu einer Pfarrwohnung machen. So soll Raum geschaffen werden, damit während des Gottesdienstes Sonntagsschule und Kinderhort in unmittelbarer Nähe der Kirche stattfinden können. Außerdem soll möglichst oft Gelegenheit geboten werden, anschließend an den Gottesdienst bei einer Tasse Kaffee zu verweilen« – aha, die alten Kaffeevorräte der Lismerschen – »und neue Besucher willkommen zu heißen.« Dies stand Wort für Wort in der Mai-Nummer des »Kirchenboten« neben der Rubrik »Kirche am Werktag« – Zusammenkunft für Witfrauen und Alleinstehende, Klub älterer Biberacher, Missionsarbeitskreis, Missionsbastelgruppe, Missionspuppenausstopfkreis – neben der Rubrik »Freud und Leid in der Gemeinde« – Bestattung von Marie Hächler-Salm, Biberach, 79jährig; Trauung von Beat Schmid und Verena Zumsteg, Romberg – neben »Kirchenkaffee« und »Autobuskurse«.

Man vergleiche damit den Bericht der Planungskommission in der Ära van Doelen, also anderthalb Jahre früher: »Kirchliches Zentrum bleibt deshalb die Kirche auf Starrkirch.« Was denn sonst, dachte die Kommission etwa an einen gotischen Dom in Biberach? »Dagegen sollten die Pfarrherren ihren Wohnsitz in den Schwerpunkten Quittigen, Romberg und Biberach wählen, bei den Leuten, nicht bei der Kirche. Für Quittigen und Romberg trifft dies bereits zu; wenn in absehbarer Zeit eine dritte Pfarrstelle geschaffen werden muß, wäre der Wohnsitz des Amtsinhabers in Biberach vorzusehen.« Genau das, was van Doelen anstrebte, Umberer, Herr Generalweltkirchenratspräsident. Weiter: »Die Planungskommission erachtet das alte Pfarrhaus Starrkirch nicht mehr geeignet für eine Pfarrwohnung. Abgesehen vom untauglichen Standort, müßten die Renovationsaufwendungen als unverhältnismäßig bezeichnet werden.« Etwa gleichzeitig mit dem »Kirchenboten« erschien ein Artikel in der Biberacher »Dorfzytig«: »Es heißt zwar Pfarrhaus, ein Pfarrer wohnt aber nicht darin. Diese Situation scheint immer mehr Mitgliedern der Kirchgemeinde unhaltbar. Der Pfarrer gehöre zwischen die Dörfer, hört man, und man wolle ihn doch nicht in einem Mehrfamilienhaus suchen müssen. Für manche Kirchhofbesucher ist es tröstlich zu wissen, daß der Pfarrer unmittelbar in der Nähe wohnt.«

Dies, diktierte mir Stirner beim düsteren Denkmal von Oberst Schwarz ins antiklerikale Gefechtsjournal, ist der schriftliche, in publizistischer Stoßrichtung, wie Bruder Stäbli gesagt hätte, erbrachte Beweis, daß die Planungskommission, diesmal unter der Leitung von Kurattli, ein Marionettenkabinett in der Hand des »Verbi Divini Ministers« ist. Und wir hatten noch ein Beweisstück, Herr Generalweltkirchenratspräsident, ich, der für alle Zudienereien verantwortliche Hilfssigrist und Ersatztotengräber, Wigger-Umberer, fand beim Wischen des Sigristensälis nach der ersten Begegnung der Pfarrwahlkommission mit Nathanael Schmuhel, der noch nicht einmal Vikar war, eine Aktennotiz von Präsident Steuerlin des Inhalts: »Nimmt Stelle nur an, wenn das alte Pfarrhaus für ihn renoviert wird, entspricht seiner rotgrünen politischen Gesinnung.« Dieses Freßzettelchen spielte ich Peter Stirner während eines Gottesdienstes zu, als wir in der hintersten Bank saßen und Tonbandaufnahmen machten, und ich riet ihm, es in einem verschlossenen Kuvert im Safe der Aargauischen Kantonalbank zu deponieren. Damit enttarnten wir die Lüge, die Gemeinde habe es so gewollt. Die Notiz spielte als Beweisstück in meinem Prozeß und für das Verständnis von Stirners Selbstmord eine wesentliche Rolle, denn sie gab seiner Meinung recht, der neue Pfarrer sei über Leichen gegangen. Wenn, diktierte mir der veritable Verfasser von »Schilten«, Nathanael Schmuhel bei der Rückeroberung des Pfarrhauses tatsächlich über Leichen geht, soll er über meinen Schreibkadaver stolpern. Ein namhafter Suizidologe hat in seinem Gutachten diesen Satz als erste ernste »Ankündigung« von Stirners Selbstgericht deklariert. Doch er, mitten in der Nicht-wahr-Adelheid-Revision von »Schilten«, gab noch nicht auf, er schrieb einen Brief an die Kirchenpflege, den er im nachhinein als Edikt, Ukas, Kapitular, Dekretale, Weistum bezeichnete, er, der De-profundis-

Rechts-Mensch, er, die De-jure- und nicht De-facto-Existenz, in dem er die Behörde bat, sich an das gegebene Wort, an den Handschlag zu erinnern und im Interesse des gänzlich revidierten »Schilten«-Romans die Renovation des Pfarrhauses um zwei Jahre hinauszuschieben, »zwei Jahre, sehr geehrte Damen und Herren von der Kirchenpflege, wird es Nathanael Schmuhel doch im Terrassenhaus noch aushalten«. Es erfolgte keine Antwort seitens der staatlich besoldeten Seelenveruntreuer, drei Monate später reagierte die Kirchenpflege mit einem schnöden Protokollauszug, der ihre Sitzung wie folgt zusammenfaßte: »Laden Herrn Dr. Stirner zu einem Termin am 10. Oktober 1976 ins Empfangszimmer auf Stock zwecks Anhörung weiterer Fakten, wobei die Vorschläge zuhanden der Kirchgemeindeversammlung vom 13. Dezember 1976 dann bereits vorliegen.« Also ein reiner Alibitermin, zeterte Stirner, eine potemkinsche Übung. Schmuhel, der das Terrassenhaus als Provisorium bezogen und sein Vikariat im Frühjahr 1976 angetreten hatte, pokerte vor dem Hintergrund des landesweiten Pfarrermangels und kam durch: mit den Lohnforderungen, mit den Pfarrhausforderungen. Um Gottes Wortes willen wurde das rechtsgültige Vertragswort gebrochen, die Pfaffia diktierte wieder einmal die Immobilienpolitik der Evangelischen Landessekte, und Schmuhel, ein Rotgrüner, hatte sie alle im Sack, wiewohl ein Direktor und Verwaltungsrat wie Kurattli davon ausgehen mußte, daß die Konfirmanden im Unterricht zur militärischen Dienstverweigerung aus religiösen Gründen angehalten werden würden. »Ist Gott für uns, wer mag wider uns sein?« Römer 8,31.

Es ist beschämend, Herr Generalweltkirchenratspräsident, Ihnen hier mitteilen zu müssen, wie blamabel sich Wermelinger und Schmuhel in der Folge verhielten. Ihre seelsorgerische Pflicht wäre es ja wohl gewesen, ein derart in Existenznot geratenes Kirchgemeindemitglied zu betreuen, wenn auch nur aufzurichten. Da sie selbst es waren, die diesen »échec ultime«, wie Jean Améry in seinem Buch »Hand an sich legen« sagt, herbeigeführt hatten, ließen sie die Finger davon. Stirner stand an den Sonntagen im Pfarrhausestrich unter dem Galgen des Holzaufzugs und sah sie alle an seiner Gartenmauer vorbei auf den Kirchenvorplatz pilgern, die Gygaxsche, Steuerlin, die Schoeck, Kurattli, die Pfeuti mit ihren Zeugen-Jehovas-Zöpfen, er sah diese Selbstgerechten, diese Sektenpharisäer, diese Quissel, diese Erben des Lichts, diese Himmelsbräute, diese Sonntags-Folkloristen, diese Kannibalen, was den Leib Christi betraf, diese Bluthunde, diese Rechtsbrecher, diese Winkelfrömmler, diese Apostaten, Baptisten und Logenbrüder, alles vom Estrich aus mit Sperrfeuer niedermäen, mochte er gedacht haben, während Umberer in seinem zerschlissenen Frack, dem Erbstück des Ohmgeldners, aus dem Souterrain der Leichenhalle hervorkroch, die beiden Negerli-Boxen montierte und beim Portal gesenkten Hauptes stotterte: H-H-H-abe-den-H-H-H-errnsehn. Die Stockbiberacher kamen den alten Hellweg, den Leichenwasenweg hoch und traten durch die Leichenpforte bei der Trauerweide, Wurgisser bildete ein Spalier, ja, er ist der einzige Mensch auf Erden, der, allein dastehend, den Eindruck eines Spaliers zu erwecken vermag, wohl weil er seit 40 Jahren in der Concordia mit ihren quittengelben Uniformen die Fahne tragen darf, die rechte Hand ist zum Fahnenstangengriff erstarrt, deshalb der Spaliereffekt, Peter Stirner sah das alles wie querschnittgelähmt von seinem Estrichausguck aus, er sah, daß die Konfirmanden auf Anweisung Wermelingers ihre Velos und Mopeds genau so parkierten, daß er mit seinem Auto nicht aus der Garage kam, Fahrzeuge, wenn auch nur Velozipede, an der Friedhofmauer, das fällt laut Friedhofverordnung unter die Störung des Totenfriedens, aber man wollte ihn schikanieren, wo es ging, vergeblich der Protest bei Wurgisser, der nun auch, leider, sein Fähnchen nach dem Wind hängte. »Und der König wird antworten und sagen zu ihnen: Wahrlich ich sage euch: Was ihr getan habt einem unter diesen meinen geringsten Brüdern, das habt ihr mir getan.« Matthäus, 25,40. »Da ging hin der Zwölf einer, mit Namen Judas Ischariot, zu den Hohenpriestern, und sprach: Was wollt ihr mir geben? Ich will ihn euch verraten. Und sie boten ihm dreißig Silberlinge.« Matthäus 26, 14–15. »Da aber Pilatus sah, daß er nichts schaffte, sondern daß ein viel größer Getümmel ward, nahm er Wasser und wusch die Hände vor dem Volk und sprach: Ich bin unschuldig am Blut dieses Gerechten; sehet ihr zu!« Matthäus 27,24.

Siehst du, Umberer, diktierte mir Stirner im Tonnenkeller mit den friedhofseitigen Konchen, mir, dem klonalen Stotterer, ins antiklerikale Gefechtsjournal, ich könnte ihnen die Worte Gottes liefern, nach denen sie hinfort predigen müßten, ich kenne die Bibel genausogut wie sie. Es lagerte immer noch ein Fäßchen Abendmahlwein hier unten im Reich der Mäuse und Ratten, ein rostiger Bordeaux von höchster Qualität, von dem wir bei solcher Arbeit tranken, und Stirner brach mir das Brot und sagte: daß der Mensch leben kann vom Brot allein, denn auch die Schrift, die Poesie ist wie Brot. Der erbärmliche Wermelinger, der in seiner Freizeit – welche Zeit ist bei einem Pfarrer nicht Freizeit? – mit einem Lehrerverein Fußball spielte und in seiner Gstabigkeit ständig Verletzungen provozierte, der eigentlich nur für Cornerflanken brauchbar war, ging Stirner aus dem Weg, wo er nur konnte. Oft wartete er im Auto, auf dem Sitz zusammengekauert, bis der Schriftsteller das Pfarrhaus verlassen hatte, ein Feigheitskontorsionist, ein Schißhase, eine Memme, ein Duckmäuser, ein Waschlappen, einer von den Lauen, die Gott ausspuckt. Während Schmuhel von Speuz kam. An dieser Paradoxie allein hätte Gott zerbrechen müssen, daß der eine genau daher kam, wo er den andern hingeschlenzt hatte. Wahrlich, ich sage euch, die Bommer-Stäbli-Querele, das Stäbli-van Doelen-Interregnum war nichts gegen die bodenlose Unverfrorenheit des Gespanns Wermelinger-Schmuhel, der eine gab dem andern die Türfalle in die Hand, was die Ausrottungsmentalität gegenüber Stirner betraf. Sprach Schmuhel auf der Kanzel von Kain, meinte er Stirner, sprach er von den Schächern, meinte er Stirner, ständig schleuderte er Bibelinjurien gegen das alte Pfarrhaus, dieses Milchbürschchen mit dem mistfarbenen Schnauz, das auf dem Velo durch die Gegend strampelte, mit Veloklammern an den Hosen, und natürlich politisch sofort aktiv, wie ein Kapitalist lebend für die Trennung von Armee und Staat, ein Rotgrüner, der rechts der Mitte wohnte, von der Kirche aus gesehen, sich aber links der Mitte ansiedelte, Naturschutz, doch kein Menschenschutz, Dienstverweigerung aus religiösen Gründen, um sich bei den Konfirmanden beliebt zu machen, die er nicht dazu brachte, ihre Mopeds korrekt zu parkieren.

Herr Schmuhel, sagte Stirner am 16. Juni 1976, kommen Sie herein auf ein Glas Bier, Schmuhel konnte nicht entschlüpfen, also Herr Schmuhel, dann prost, gutes kühles Flaschenbier aus dem Tonnenkeller, sehen wir es doch einmal von der praktischen Seite her an, am Anfang der schmalen Straße, die an meinem Garten vorbei zum Kirchenvorplatz und zur Einmündung meines Garagenvorplatzes führt, steht ein allgemeines Fahrverbot mit dem Zusatz »Zubringerdienst gestattet«, es könnte auch heißen: Bestattungsdienst zugebracht, item, wenn Comensoli von der Gärtnerei zur Kirche fährt, um Stiefmütterchen abzuladen, Pensées, wie man so schön sagt, daher der Quittiger Ausdruck »Pinzeli«, hat er etwas »zugebracht«, die Konfirmanden aber mit ihren Mopeds müssen den öffentlichen Parkplatz vor dem Fahrverbot benützen, sonst machen sie sich strafbar. Schmuhel sagte: »Wir müssen Gottes Strafe fürchten«, Hiob 31,23. Umberer will hier generell etwas zur Unsitte einflechten, mit Bibelzitaten eine Kommunikation bestreiten zu wollen. Antworte ich auf die persönliche Not eines »Nächstgeliebten« mit einem Bibelzitat, wird er entmündigt wie der Soldat durch den Befehlszusatz »Keine Diskussion«. Im Grunde sagt dieses Hiob-Wort überhaupt nichts außer: Keine Diskussion. Als Stirner auf die Haus-Affäre zu sprechen kam, antwortete Schmuhel: »Kommt ins Land, wo die Wohnung des Herrn steht«, Josua 22,19, und »im Hause meines Vaters sind viele Wohnungen«, Johannes 14,2, also wieder: keine Diskussion. Das dergestalt mißbrauchte Bibelwort enthebt den Sprechenden der Pflicht, eine eigene Meinung zu bilden und zu formulieren. Natürlich hatte Schmuhel seine Meinung, er wollte ins renovierte Pfarrhaus. Aber wie ein elender Straßentaschenspieler tarnte er sie ständig mit der bedeckten Rede. Darum antwortete ihm Stirner zum Abschied, als die Flasche Feldschlößchen leergetrunken war, mit einem Wort des Propheten Jesausia: »Wahrlich, ich sage dir, es wird kein Segen ausgehen von dieser Stätte«, Jesausia 31,17. Dies war die einzige Begegnung Stirners mit Nathanael Schmuhel, eine Fallite, die Bankrotterklärung der christlichen Nächstenliebe, die ja eine Immobilienübernächstenliebe ist. Es konnte Stirner in einem mörderischen Wettkampf mit der Zeit nur noch darum gehen, von »Schilten« zu retten, was zu retten war.

Immer öfter saß er bei mir in der Mörtelkammer auf der Notpritsche und beklagte sein Schicksal, zu Wurgisser in die Totengräberwerkstatt konnten wir nicht mehr, weil Wurgisser zu den Schmuhelschen übergelaufen war – ja, wenn man häufig genug die Pfaffen wechselt, findet auch eine blinde Sau mal eine Eichel darunter –, wir hatten ja eine Klingelleitung zwischen Pfarrhaus und Bibelkarner angelegt, er konnte im Studierzimmer auf den Knopf drükken, und ich eilte herbei, einmal klingeln bedeutete, Umberer, komm zum Diktat, zweimal klingeln bedeutete, Umberer, stell dich, damit ich an der Wiggerschen Position arbeiten kann, auf den Friedhof, dreimal klingeln bedeutete Alarm, naturgemäß klingelte Stirner öfter als Umberer, naturgemäß ruft der Schriftsteller sein Modell, nicht das Modell den Schriftsteller, Nathanael Schmuhel habe zur Gygaxschen gesagt, wie ihm Wunderlin hinterbracht habe, wenn Stirner »da oben raus« müsse, müsse auch Umberer »da unten raus«, verstehst du, Umberer, dein Schicksal ist an meines geknüpft, wir sind nun mal kommunizierende Gefäße, nichts anderes hat der rotgrüne Kandidat, denn er ist ja noch nicht gewählt, in seinem Gottesgeisteskrankheitsschädel als die da oben da unten raus, wenn auch die »Endlagerung« des Duos Stirner-Umberer noch nicht restlos gelöst sei, er spricht, verstehst du, der Atomkraftwerkgegner von »Endlagerung«, man müßte wahrhaftig von der Ära Stirner-Umberer reden, aber weißt du, nicht ich bin oben beziehungsweise du unten, es ist umgekehrt, im Gedicht »Der stumme Bruder« habe ich geschrieben: »als wir wie eine Münze hart / in diese Welt geworfen wurden, / lag dein Gesicht unten. / Aber du bist nicht tot.« Das muß ich dir deutsch und deutlich sagen, Umberer, und in »Bork« habe ich geschrieben: »An die gestohlene Rose erinnere ich mich genau, obwohl sie eigentlich nicht gestohlen war. Eher kam ich mir selber als Dieb vor.« Der so präzis wie ich Beobachtende, Umberer, ist, wiewohl er es aus Notwehr tut, ein Dieb, er bestiehlt das Leben, das recht hat, deshalb werde ich »Schilten« in der Wiggerschen Dimension enden lassen, ich habe vor – aber ich habe ja keine Zeit mehr – Schildknecht sagen zu lassen, daß er sich fälschlicherweise dem inspektorialen Schulschriftdeutsch statt dem Wiggerschen Rotwelsch angepaßt habe, daß sein Bericht in die falsche Richtung abgegangen sei. Schon im Zettelkasten habe ich den Satz, Umberer: »Wie konnte ich nur all die Jahre Wigger durch die Art, wie ich ihn beurteilte, behandeln wollen, wo es doch umgekehrt nötig gewesen wäre, mich seiner Therapie, der Therapie eines verdächtigen Pilzes, zu unterziehen.« Männiglich glaubt, ich, der Beobachtende, ich, der Sprachbeherrscher, sei ganz oben, Umberer, der von Sprachanomalien aller Art Befallene, ganz unten, es ist gerade umgekehrt, in der entgegengesetzten Richtung liegt die Wahrheit, durch mein Leiden an dieser Schöpfung, Umberer, in der ich nicht der Freigelassene bin, wie Herder sagt, sondern der Ausgestoßene, so sehr ausge- und verstoßen, daß ich meinen Mund, meine Ohren, meine Augen, meine Nasenlöcher mit Wörtern verstopfen muß, liegt mein Gesicht unten, und du gehörst hinauf ins Pfarrhaus, hinauf unter den Galgen des Estrichausgucks, hinauf auf die Starrkircher Kanzel, hinauf an die Stelle des Generalweltkirchenratspräsidenten, jawohl, in diese Sphären, Umberer, du hast mir deine Sprache geliehen, darum stotterst und polterst du, ich schreibe auf Borg, weil du mich gelehrt hast, die Kirche von ganz unten zu sehen, du hast mich zu einem Wallraff der

Evangelischen Landessekte gemacht, aber nicht zu einem spracharmen, zu einem sprachpolternden Wallraff, dies alles im Diktat, während wir dem Holunderbrönz zusprachen und es einnachten ließen.

Seit dem Zeitpunkt, da die Meinung gemacht war, da die Kirchenpflege unter Steuerlin zum Verbi Divini Ministerium des Schmuhel geworden war und eine Baukommission berufen hatte, um das Pfarrhaus nach dem Geschmack und den Wünschen des Vikars zu renovieren, stand der Roman »Schilten« unter einer doppelten Bedrohung: einerseits der des Autodafès, anderseits der des fragmentarischen Abbruchs. Ich mußte Stirner mit Gewalt daran hindern, die 5000 Blatt samt Materialien in der Kranzdeponie beim Surlauber Chriesbaum zu verfeuern. Oft wollte er mich täuschen, tat so, als bringe er ein Leintuch voll Birkenlaub zur Abfallgrube, dabei war es Romanlaub. Hatte er bisher zu Romanzwecken ständig mich, Ambros Umberer, beobachtet, war ich nun der Observateur mit dem Feldstecher, und ich deutschte Stirner aus, daß Werkmord Selbstmord wäre, W-W-W-erk-m-m-m-o-rdselmrd. Die erste Hälfte eines Satzes stotterte, die zweite Hälfte polterte ich. Stirner war aber so rabiat, daß er mit der Pfaffia-Kaffia sein Geschriebenes in Grund und Boden verdammte. Siehst du, Umberer, das ist der Kapitalfehler in der Pfaffiafreihaltung, was die Wohnung betrifft, da die

Talarscheuchen nicht um ihre Schlaf- und Arbeitsstätte kämpfen müssen, da man ihnen die Villa nach ihren Plänen dorthin pflanzt, wo die Aussicht die schönste ist, werden sie immun für die Unterkunftsnöte der Gemeindeglieder. Und wenn nach Schmuhel und Wermelinger der Nächste-Bitte kommt und verlangt, man solle ihm ein Pfarrhaus auf der Wasserflue errichten, damit er die Bergpredigt vor der eigenen Haustür halten könne, wird es die Pfaffia bewilligen. Durch ihren unverschämten Lohn von 9000 Franken für die Halbtagesstelle verlieren sie die Antennen für die Armen und Bedürftigen, von der Dritten Welt ganz zu schweigen, für die sie immer beten, und hofieren wie Bommer einer Pfeuti, die den Nachbarn das Land weggefressen hat und am Gras fast erstickt. Daß die Pfeuti ihren Großgrundbesitz als Landwirtschaftsland versteuert, während er in der Bauzone liegt, war Bommer, ist Wermelinger und Schmuhel schnorz, Hauptsache, sie trinkt jeden Sonntag eine Tasse Kirchenkaffee. Ich habe einmal von diesem sogenannten KK gekostet, Herr Generalweltkirchenratspräsident, er schmeckte nach Zichorie, nicht einmal Kaffee kochen können die Leibchristieigenen, und veranstalten das größte Gezeter, wo dieser KK zuzubereiten sei. Die Sigristensäli-Küche genügt nicht, es muß eine Pfarrhausküche her. An für sich spricht sich ja die Evangelische Landessekte mit dem KK ihr Todesurteil, weil Schmuhels, weil Wermelingers Wort nicht wärmt, braucht man nach der Predigt einen warmen Trunk. Die Kirche als Cafeteria ist ein kläglicher Reanimationsversuch. Wer aber macht den Mundschenk, ich, Ambros Umberer, wie eine Offiziersordonnanz im weißen Coiffeurkittelchen gehe ich mit der schweren Silberkanne von Pfaffioso zu Pfaffioso und sage: N-N-N-och K-K-K-af-f-f-e gflgst? Ich, das Schlachtvieh Gottes, bediene jene, die um das goldene Kalb tanzen. Aber wahrlich, ich sage euch, von dieser Stätte wird kein Segen ausgehen. »Der Herr mache eure Namen zum Fluch«, 4 Mose 5,21, »Kam über sie der Fluch Jothams«, Richter 9,57, »Ihr zieht den Fluch an wie euer Hemd«, Jesausia 12,6, »Das ist der Fluch, der ausgehet über das Land«, Samuel 5,3.

Schmuhel führte seinen blondgelockten Sohn auf der Rasenparterremauer spazieren und sagte ihm: »Hier ist dein Paradies«, Jesausia 45,3. Wenn er im Kirchenarchiv, das hinter einer gepanzerten Tür gegenüber dem Klo lag, einen Toten- oder Geburtsschein holen mußte oder in einem verstaubten Rodel etwas nachlesen wollte, trat er ohne zu klingeln ins Haus, als hätte Stirner das Feld schon geräumt. Er behandelte den in die Emigration Getriebenen wie Luft. »Wehe aber, du hältst deinesgleichen für Luft«, Jesausia 32,8. Oft flüchtete sich Stirner auf den Lokus und belauschte Schmuhels Archivausgrabungen. Einmal ließ er den Schlüssel stecken, was Stirner erlaubte, eine Nacht lang die Scharteken durchzublättern und alles Wissenswerte über den Kirchenbetrieb zu notieren. So heißt es unter dem 5. 8. 1913: »Pfarrer Benz teilt mit, daß das Ofenrohr im Studierzimmer defekt sei. Am 31. Oktober hatte sich Pfarrer Benz bereits beklagt, daß die Ausdünstungen des Kirchenofens ihn beim Predigen hinderten.« Dabei ist es doch so, Herr Generalweltkirchenratspräsident, daß die pfaffiesken Verbaloxyde die Leute am Glauben hindern. Unter dem 12. 3. 1916 heißt es: »Pfarrer Benz äußert den Wunsch, es möchte im Pfarrhausgarten der Hauptweg bekiest werden. Nach einem vorgenommenen Augenschein wird beschlossen, in der nächsten Sitzung darüber Beschluß zu fassen.« Mit Kieswegen fängt die Vergesellschaftung der Kirche zur Immobilien-Holding an. 2. 11. 1919: »Pfarrer Benz teilt mit, daß er im Studierzimmer und in der Stube Glühbirnen von 50 Kerzen, bisher 20 Kerzen, angebracht habe, und wünscht, man möchte ihm die Beleuchtungsmehrausgaben entschädigen.« Die Pfarrer sind so geizig und habgierig, daß sie, wie Bruder Stäbli, der Kirchenpflege Rechnung stellen für jedes Stiefmütterchen, das sie im Garten anpflanzen, mit der Begründung, sie könnten es ja nicht mitnehmen beim allfälligen Auszug. 13. 2. 1921, nachdem Benz gekündigt hat: »Pfarrer Steiner fragt, wie es sich mit den Telefonspesen verhalte.« Es geht nicht um die Auferstehung, es geht nicht um das Haupt voll Blut und Wunden, es geht um die Telefonspesen. Am 15. 11. 1925: »Infolge des Sonntagsschulstreites ist uns ein gesegnetes Zusammenarbeiten mit Pfarrer Steiner nicht mehr möglich. Die Differenzen dauern schon von jener Zeit an, da er, entgegen unserer Meinung, daß der Pfarrer ein Seelsorger für die ganze Gemeinde ohne Unterschiede sein müsse, anfing, ein besonderes Lager um sich zu bilden. Seine Anhänger kennt er, diese werden ins Grab georgelt, die andern nicht. Letztere stehen für ihn, wie er einmal schrieb, ›außerhalb der Kirche‹. Zu diesen gehört auch die derzeitige Kirchenpflege, sie steht sogar noch ›außerhalb seines Pfarrhauses‹. Zu Handen der Wählerschaft teilen wir deshalb mit, daß vier Mitglieder ihren Austritt aus der Kirchenpflege geben.«

Siehst du, Umberer, triumphierte Stirner, alles schon gehabt, genau der Parallelfall zu Bommer, Bildung von apostolischen Kerngemeinden, Kampfansage an all jene, die nicht spuren, und die Behörde schmeißt den Bettel hin. 21. 10. 43: »Nach dem Umbau wird das Studierzimmer des Pfarrers in den zweiten Stock hinauf genommen werden. Er bittet die Kirchenpflege, ihm einen zweiten Telephonapparat zu bewilligen. Die bisherige Lösung ist auf jeden Fall unbefriedigend, da jedes Gespräch vom Hausgang aus belauscht werden kann. Für ein Pfarrhaus ist das sehr ungeschickt.« Natürlich ist es ungeschickt, wenn ein selbständig denkendes Gemeindeglied hört, wie der Pfarrer seinen Getreuen mitteilt, wie sie an der nächsten Kirchgemeindeversammlung zu stimmen haben. 19. 2. 1945: »Da Pfarrer Lätsch« – aha, wir sind in der Ära Lätsch – »im Monat Mai Hochzeit zu halten gedenkt, sollen so bald als möglich die Zimmer im Pfarrhaus renoviert werden. Die Malerarbeiten für ein Zimmer kommen auf ungefähr 500 Franken zu stehen und ein Parkettboden auf 600 Franken.« Wieder ein neuer Pfarrer, wieder neue Renovationsbegehren. Man kann, so sagte mir Stirner im Bibelkarner, an den Renovationsschichten wie an Jahrringen die Pfarrerwechsel ablesen. Das alte Pfarrhaus war und ist ein Dauerrenovationsobjekt, nur ich, Stirner, habe es so bewohnt und geliebt, wie es ist. Der Renovationsfetischismus der Kirchlichen kommt aus der nie öffentlich zugegebenen, aber innerlich zutiefst verwurzelten Überzeugung, daß das Christentum nicht mehr renovierbar ist, weil es sich um eine absolute Konkursmasse handelt. 4. 12. 1945: »Gegen das Ende der Budgetberatung gibt Pfarrer Lätsch seinem Bedauern Ausdruck, daß nicht auch ein Schritt in der Richtung einer Besoldungserhöhung getan werde. Pfarrer Lätsch erwartete, daß mit der Verheiratung eine Erhöhung eintreten würde, dies um so mehr, als der Präsident bei seiner Anstellung erwähnt habe, daß er innert Kürze auf 6600 Franken kommen werde.« Auf der Kanzel wettern sie gegen den Mammon, privat scheffeln sie Kohlen, wo sie können. 5. 2. 1946: »Aus der Gemeinde liegen Reklamationen vor über die Durchführung der Bibelkurse in Starrkirch. Es handle sich da um Stündelerei, man sähe immer so viele fremde Leute in Starrkirch, die Kirche gehöre der Gemeinde und ebenso ihr Ortspfarrer.« Zwischen Lätschs und Wermelinger-Schmuhels Stündelertum besteht kein wesentlicher Unterschied, dies rot unterstreichen, Umberer. 15. 6. 1948, nachdem Lätsch auch bereits wieder gekündigt hat: »Von Herrn Pfarrer Lätsch ist zuhanden der Kirchgemeindeversammlung eine Rechnung im Betrage von Franken 1 000 eingegangen für den Bau des Gartenhäuschens im Pfarrgarten und die Planierung des Rasens. Es wird bemerkt, daß Pfarrer Lätsch damals um Erlaubnis des Baues gebeten habe mit der Zusicherung, daß der Kirchgemeinde dadurch keinerlei Kosten entstehen würden. Man kommt zum Entschluß, Herrn Pfarrer Lätsch brieflich mitzuteilen, er könne bis zum 1. August 1948 über das Gartenhäuschen verfügen. Nach Verfall dieses Datums werde dasselbe als Eigentum der Kirchgemeinde betrachtet.« Es ist das Sektenchalet, Umberer, das heute noch steht, zwischen Nordmauer und Lebhag, das heißt nach der Umgestaltung im Eck der Schertenleibschen Plastik. 7. 9. 1948: »Das von Pfarrer Lätsch dem Präsidenten nachträglich noch zugesandte Kuchenblech und der Grill werden zurückgesandt, weil in verrostetem Zustand.« Und das, Herr Generalweltkirchenratspräsident, sollen Verbi Divini Minister sein? Wenn solche Querelen hinter den Kulissen der Kirche zum Dauertraktandum werden, ist es kein Wunder, daß das Wort Gottes nicht über die Kanzel kommt, daß man von den Talarvögeln sagen muß: daß »die Toten ihre Toten begraben«, Matthäus 8,22. Er habe vom Schulbetrieb Schildknechts gesagt, unterrichten heiße beerdigen, in Wirklichkeit aber die Kirche gemeint: »ihre Schritte führen ins Totenreich«, Sprüche 5,5.

Es ist ein Wunder, diktierte mir Stirner vor der Leichenhalle, daß Lätsch der Aufforderung nicht nachgekommen ist, das Gartenhäuschen abzuprotzen, er hätte ja die Balken einzeln verkaufen können, und einen solchen Nebenverdienst läßt sich ein Pfarrer normalerweise nicht entgehen, wenn es Wurgisser und der Umberer-Vertrag zuließen, würden sie sogar noch die Kollekte einsacken, man kann keinem von ihnen über den Weg trauen. Ein Sprichwort sagt: Was frag' ich viel nach Geld und Gut, wenn ich zufrieden bin. Sie aber verdienen im wörtlichsten Sinn ein Heidengeld, sie haben ihre Seele deshalb dem Mammon verschrieben, weil sie nicht glücklich und froh, sondern frustriert sind, je überzähliger man sich vorkommt in einer Gesellschaft, je nutzloser das ist, was man tut, desto monetärer das Gebaren, und geizig sind sie obendrein. Der Geiz der Pfaffia steht im größten Widerspruch zur Unermeßlichkeit der Liebe Gottes, wie will man diesen Reichtum predigen, wenn man, wie die hiesigen Pfarrfrauen, lieber den Bus nimmt, um in der Migros von Aarau einzukaufen und ein paar Franken zu sparen, als dem einheimischen Handel etwas zu verdienen zu geben? Wie will Bruder Stäbli glaubhaft machen, daß der Mensch nicht vom Brot allein lebe, wenn er der Kirchenpflege Stiefmütterchen im Wert von 35,70 Franken verrechnet, rot unterstreichen, Umberer, Stiefmütterchen im Wert von in Worten fünfunddreißig Franken siebzig, dabei hätte er sie, wenn ein menschlicher Kontakt zu Wurgisser bestanden hätte, gratis haben können, Stäbli, der die Konfirmanden immer mit dem Pascal-Trick verführen wollte, nämlich, existiert Gott nicht, haben wir, setzen wir auf ihn, nichts verloren, existiert er aber und wir setzen nicht auf ihn, haben wir alles verloren.

Jetzt sagen Sie mir doch, Herr Generalweltkirchenratspräsident, ob sich diese Lehre etwa von derjenigen der Adventisten des Siebenten Tags unterscheidet, welche, da Christus am 21. Oktober 1844 nicht auf die Erde gekommen, sondern erst in das Heiligtum des Himmels zurückgekehrt ist, weil ihn die christliche Sonntagsheiligung störte, die Sabbatfeier fordern. Eine besondere Bedeutung, lehrte mich Stirner – o was ich meinem Freund und Förderer alles verdanke –, messen die Siebenten-Tags-Adventisten – nicht zu verwechseln mit den gewöhnlichen Adventisten – der dreifachen Engelsbotschaft zu. »Und ich sah einen Engel fliegen mitten durch den Himmel, der hatte ein ewiges Evangelium zu verkündigen all denen, die auf Erden wohnen, und allen Heiden und Geschlechtern und Sprachen und Völkern.« Offenbarung 14,6. Gemäß den Aussagen von Ellen G. White enthält die erste Engelsbotschaft die Ankündigung des endzeitlichen Gerichts durch William Miller. Die zweite Engelsbotschaft fordert die Trennung der wartenden Gläubigen von den Kirchen, die nicht sehen wollen, daß Jesus Christus das Heiligtum im Himmel betreten hat. Die dritte Engelsbotschaft bringt Licht über den Sabbat. Die adventistische Endzeitgemeinde hat klarzumachen, daß die Sonntagsfeier nicht von Gott kommt, sie hat den Sabbat einzuführen. Dies dozierte mir Stirner im ehemaligen Unterweisungssälgen, indem er am Mannborg-Harmonium die Lieder »Komm süßer Tod« oder »So nimm denn meine Hände« spielte und fragte, ob die Siebenten-Tags-Adventisten-Dogmen etwa absurder seien als von einem ans Kreuz Genagelten die Auferstehung und das Leben zu fordern.

Oder die Pfingstbewegung, Umberer, mit der Wermelinger, wie uns die Predigtprotokolle zeigen, liebäugelt. Die Pfingstgemeinden teilen mit der weiteren Christenheit den Glauben an den Gekreuzigten. Sie unterscheiden sich aber im Verständnis des Heiligen Geistes. Für die Pfingstler gehört zum wahrhaftigen Christsein das Erlebnis der persönlichen Geistestaufe. Es ist, wie wenn man mit Himmelswonne und Gottesgnade übergossen wird, vom Pfingstgeist getroffen, sinken die Auserwählten reihenweise um wie Dominosteine. Dann gehört zu allen Pfingstgemeinden die Zungenrede. Auch da wird auf die Heilige Schrift verwiesen: »Denn der mit Zungen redet, der redet nicht den Menschen, sondern Gott; denn ihm hört niemand zu, im Geist aber redet er die Geheimnisse.« 1 Korinther 14,2. Ein treffendes Wort, wenn die Kirche fast leer ist. Für den Zuhörer bleibt das Zungenreden eine Anhäufung unverständlicher Silben, fast wie dein Poltern, Umberer, für den Geistgetauften die Artikulation göttlicher Geheimnisse. Ich frage euch, liebe Bänke, liebe Balken, liebe Orgelpfeifen, warum zahlen wir statt der Kirchen- nicht eine Pfingstgemeinde-Steuer? Man muß in der Tat, um es in der Nachbarschaft der Kirche auszuhalten, alle Sekten, insonderheit die Endzeitbewegungen kennen, Jehovas Zeugen und die freien Bibelforschergemeinden, die Bewegung »Ein Schrei um Mitternacht«, Kontaktadresse Richard Henninger, D-7114 Unteraspach. Wenn wir Sektengründung spielten, während Wurgisser vor unseren Fenstern Begonien anpflanzte, stach Stirner mit der Stricknadel in die Bibel, spielte ein paar Hanns-Dieter-Hüsch-Akkorde auf dem Harmonium und erklärte mir, weshalb gerade von dieser Stricknadelstelle das einzig wahre Christentum abzuleiten sei. Die Evangelische Landessekte glaubt sich etwa der Philadelphia-

Bewegung überlegen, weil sie alles im Spröden und Ungefähren läßt, in Wirklichkeit ist die Splittergruppe die erhabene Religion, denn sie sagt konkret hic et nunc. Mit der Wiederkunft Christi irgendwann einmal lockt man keinen müden Hund hinter dem Ofen hervor, wohl aber mit dem Parusiedatum 7. April 1995. Und es gibt todsicher ein Römer- oder Korintherbriefzitat, das diese Theorie stützt. Satz, diktierte mir Stirner ins antiklerikale Gefechtsjournal: Wir nennen die Evangelische Landessekte so, weil sie den Wahnsinn predigt, Gott habe seinen Sohn ans Kreuz schlagen lassen, damit wir von den Sünden reingewaschen würden, und Christus sei die Auferstehung und das Leben, also die Überwindung des Todes. Diese These ist von der Bibel abgespalten, also sektiererisch, so wie die Bibel von der Weltliteratur abgespalten, also sektiererisch ist. Von einem gottesirren Selbstquäler hat die Menschheit nichts zu erwarten, n-n-n-ich-ts.

Römer 8,31: »Was sollen wir nun dazu sagen? Ist Gott für uns, wer mag wider uns sein?« Die Kirche, Umberer, die Kirche, sie ist wider uns, wie die Pfarrhaus-Affäre zeigt. Stirner war in seinem letzten Lebensjahr zutiefst davon überzeugt, daß man, um den religiösen Kern im Menschen zu retten, die Kirche bekämpfen müsse, auf derselben Ebene wie die Bewegung »Ein Schrei um Mitternacht«. Und er war zutiefst von der diktatorischen Scheinheiligendemokratie der Kirche überzeugt. Die Kirchenpflege hat die Kirchgemeindeversammlung in der Hand, die Pfaffen haben die Kirchenpflege in der Hand und Gott hat, nein, die Pfaffen haben auch Gott in der Hand. Die Pfaffen sind Luftpiraten, sie setzen alles durch mit der Geiselnahme Gottes. Darum, Umberer, gehören sie abgeknallt. Hatte Stirner bisher immer nur davon gesprochen, sein Pfarrhaus, die Sophoren, die Studierzimmer-Birke mit seinem Sturmgewehr Nummer 7940 zu verteidigen, richtete sich nun sein mörderischer Haß auf Wermelinger und Schmuhel. Im Affekt, Umberer, und meine Affiziertheit, meine Affektuosität ist die allerheißeste, bekäme ich dafür dreieinhalb Jahre, Zeit und Ruhe genug, »Schilten« zu vollenden, den Starrkircher Skandal einzubauen. Ich habe das für ihn getan, wie es wahre Freundschaft verlangt, Herr Generalweltkirchenratspräsident, habe »Schilten« nach bestem Wissen und Gewissen ediert, habe Schmuhel umgelegt und schreibe nun den »Schuß auf die Kanzel«.

Warum ich es für ihn getan habe, nun, weil Stirner seinerseits alles für mich getan hat. Wenn er Fleischsuppe mit Spatz kochte, sein Leibgericht – ich erschrecke bei der Doppeldeutigkeit des Wortes »Leibgericht« –, brachte er mir ein Kesselchen in den Bibelkarner hinunter. Wenn er ein Zeitungshonorar einnahm, zweigte er die Hälfte für mich ab. Kaufte er einen neuen Mantel, schenkte er mir den alten. Nur ins Pfarrhaus ziehen, was er mir immer wieder anbot, wollte ich nicht. Die einzige christliche Nächstenliebe, die auf dem Starrkircher Areal ausgeübt wurde, war diejenige Stirners zu mir, war die meine zum Schriftsteller. Ins Pfarrhaus ziehen wollte ich nicht, weil ich mir die unverwässerte Umbererhaftigkeit bewahren mußte. Nur ein Umberer, sagte ich Stirner, der von unten und von der Hinterseite der Kulisse kommt, hat die antiklerikale Durchschlagskraft. Nur ein Unten-durch-Umberer, nur ein erdfarbener. Aber ich lernte bei ihm dank seinen Diktaten Schildknechtsche Sätze bilden. Was meinen Satzbau betrifft, bin ich ganz ein Eleve des hibernalen Institutes Schilten. Als Unten-durch-Umberer bilde ich nach oben gerichtete Von-oben-herab-Sätze. Als Unten-durch-Umberer blieb ich der Stotterer-Polterer, als Von-oben-herab-Umberer beherrsche ich die Logorrhoe. Das ist es, Herr Generalweltkirchenratspräsident.

Die letzten Monate von Peter Stirners Leben in Starrkirch waren, dies seine Worte, ein an Ort tretender Trauermarsch vor der Leichenpforte, er litt unter dem, was er die Schildknechtsche Krankheit nannte und was genaugenommen die exogene Kirchendepression war, und er wollte, da sich alles nach unten lebte, also zu mir hin, um jeden Preis ausharren, wiewohl ihm Doktor Krähkamp, der auf dem chemotherapeutischen Weg alles nur Erdenkliche unternahm, dringend riet, auszuziehen und zu seinem Schutz, zum Schutz vor der Pfaffia, eine

Psychiatrische Klinik aufzusuchen, Starrkirch mit Königsfelden zu vertauschen. Kafka, sagte er dann immer, hat die Tuberkulose herbeigerufen, und was haben ihm die Sanatorien genützt? Satz, diktierte er mir ins antiklerikale Gefechtsjournal: Die psychiatrische Klinik ist der Suizid als Hotelbetrieb. Er war von der fixen Idee besessen, wenn man ihm das Pfarrhaus nehme, sei der Roman zerstört. Mein Lebenswerk, sagte Stirner. Aber, erwiderte ich in polternder Erregung, die 5 000 Seiten entziehen sich der Pfaffia, Pf-Pf-Pf-af-f-f-ia. Die 5 000 Seiten schon, entgegnete er matt, aber die 300 nicht, auf die ich sie reduzieren muß, ganz zu schweigen vom erotischen Kapitel »Nicht-wahr-Adelheid«. Fällt der Genius loci weg, insbesondere der mir immer zu Romanmeditationen dienende Bullaugenabort neben dem Estrichaufgang, ist kein Strich an »Schilten« mehr möglich. Adelheid trägt, fieberte er, einen flammendroten Unterrock. Ich bin es dem Mailänder Engel schuldig.

Ich, Ambros Umberer, als Stefan Wigger verewigt, habe am Beispiel »Schiltens« alles gelernt, was man über das Schreiben wissen kann. Zuerst ist da vielleicht nicht einmal die zündende Idee, sondern ein zündendes Wort, »Mörtelkammer«, das einen Inkubationsprozeß in Gang setzt. Für den Schriftsteller ist es wichtig, daß er vom Mörtelkammer-Virus ergriffen wird, in der Tat, eine Wortgrippe. »Grippe«, »ergreifen«, nicht wahr, Adelheid. In diesem Prozeß werden Wortfelder angelegt, »cimiterisch«, »hibernal«, »Scholarch«, und Diagramme skizziert, ähnlich den Funktionsschemata beim architektonischen Entwerfen. Dann, nach einem Jahr etwa, fällt die wichtige Entscheidung: Wer erzählt die Geschichte, die noch nicht existiert, wem? Wir legen zwei Münzen in größtmöglicher Entfernung auf den Tisch, Kopf nach oben, und verschieben die Streichholzschachtel immerzu von der einen zur anderen, wer wem? Bis die Zahlen oben liegen. Also Schildknecht seine Geschichte der Inspektorenkonferenz, ich die meine Ihnen, Herr Generalweltkirchenratspräsident. Diese Sender-Empfänger-Struktur ist von größter Wichtigkeit, jetzt erst kann ich fragen, wo liegt meine, wo die Modellwirklichkeit. Wenn sich in dieser Phase ein neuer Adressat einschleicht, nicht wahr, Adelheid, ist das, werkgenetisch gesprochen, eine Katastrophe, ein Grund, tödlich zu erkranken, Adelheid, Herr Inspektor, Herr Generalweltkirchenratspräsident. Der eine Fluchtpunkt hat sich verschoben, ich muß die ganze Perspektive neu aufreißen. Alles neu macht Adelheid. Der Mailänder Engel im flammend roten Unterrock. Das Schulerotische, Herr Generalweltkirchenratspräsident. Ein neues Kapitel? Nein, ein neuer Roman. Vor der Adelheid-Infiltration kam es zur Gedankenübertragung, zum hellseherischen Wechselkontakt zwischen dem Schulhaus Schilten und dem Pfarrhaus Starrkirch, dem Friedhof Schilten und dem Friedhof Starrkirch, ich, Umberer, dort der Wigger, pendle zwischen dem stilisierten Starrkirch und meiner Zelle im Käfigturm an der rauschenden Aare. Von Starrkirch fließt das Wasser an mir vorbei zu Paul Haller, in den Rhein, ins Meer, um niederzufallen als Adelheid-Tau. Alles, was ich Ihnen, Herr Generalweltkirchenratspräsident, über Stirner, Starrkirch und »Schilten« mitteile, sage ich in diesen vier klammen Wänden, die mir aber nicht genommen werden können. Daher die Kraft der Gefängniszellenliteratur. Kann man diesbezüglich sagen, alea jacta sunt, beginnt der stoffliche Ausscheidungsprozeß, man ist nun fähig, wie die Spinne seinen Faden abzusondern, ihn zu vernetzen und zum Gefäde zu verdichten. Doch immer noch schreibt man nicht ins Blaue, sondern ins Schwarze, in die Tintenunendlichkeit. Tödlich ist es, wenn ein Roman in der Tintenunendlichkeit steckenbleibt, sei es durch Krankheit, sei es durch die Zerstörung des Modells, sei es durch den Verlust der welthaltigen Ausgangslage. Wir haben eine Waage der schriftlichen Gerechtigkeit. Auf der einen Schale liegt das Vergleichende, in der andern das Verglichene. Nehme ich dort oder hier zehn Gramm weg, gerät der Roman aus der Balance. Nun fiel für Stirner das ganze Gewicht Starrkirchs weg, dafür kam eine Tonne Adelheid hinzu, die Dimension der Liebe. Das war die Katastrophe. Als Stirner durch den »Kirchenboten« erfuhr, daß ihm gekündigt werden würde, steckte sein Roman noch ganz in der Tintenunendlichkeit. Anderseits nach dem Liebesbrief Adelheids in der noch tintigeren Adelheidunendlichkeit. Um von der Tintenunendlichkeit oder der Nachtrohfassung, wie er sich auszudrücken beliebte, zur Gußform zu gelangen, muß der Plot, der Stoffherd geerdet sein, ansonsten kein Empfang. Das Modell im Kopf, muß man Boden unter den Füßen haben, Starrkircher Friedhofboden, Totenlätt. Die Lätt-Perspektive, die ihm Schmuhel wegnahm, muß gesichert sein. Dies alles versuchte Stirner in seinem historischen Brief an die Kirchenpflege darzutun, aber er stieß auf taube Ohren, Steuerlin-Wermelinger-Schmuhel, die falsche Adresse.

Nun kam Umberers große Stunde, Herr Generalweltkirchenratspräsident: eine Figur tritt aus dem Roman heraus und verschafft sich den Überblick über das Ganze. Genaugenommen waren es Krähkamp und Umberer, welche die Tintenunendlichkeit besiegten. Im verdunkelten Friedhofzimmer, geostet wie eine Leiche, lag Stirner in seinem überdimensionierten Kinderbett, einem Zweischläfer, von ihm auch Doppelarche genannt, und siechte vor sich hin. Ich packte die acht Fassungen des »Schilten«-Komplexes zusammen und baute neben dem Bett am Boden acht Stapel auf, die ich mit Deckblättern belegte: Schilten I, Schilten II, Schilten III, Schilten IV, Schilten V, Schilten VI, Schilten VII und Schilten VIII. Dazu kamen die Nicht-wahr-Adelheid-Stapel I, II und III. Krähkamp kam spätabends von seiner Praxis, kontrollierte die Analudio-Infusion, spritzte ein Morphiumderivat, Stirner dämmerte auf, und ich, was infolge meines Stotterns-Polterns viel Zeit in Anspruch nahm, konfrontierte ihn mit den Varianten. Erstes Quartheft, Abdankungsszene, III oder VII? Das war die Endfassungskur, Herr Generalweltkirchenratspräsident, wobei er immer wieder die Nicht-wahr-Adelheid-Fragmente eingebaut haben wollte. Doch der Arzt, der sich am Umschichten der Blätter beteiligte, sagte richtig und autoritär: Zuerst gehen wir den Primärschmerz, dann den Sekundärschmerz an. Vergeßt nicht, röchelte Stirner, daß Adelheid einen flammend roten Unterrock trägt und daß Schildknecht sich zuerst in den Saum dieses Unterrocks verliebt. Als Schulkinder, versteht ihr, hatten wir folgendes Erkennungszeichen. Wenn ein Mädchen mit der Zunge die Unterlippe blähte, hieß das: Ich will dich. Adelheids Rockblitzen sagt Schildknecht: Ich will dich, ganz für mich allein. Item, wir preßten ihm die Endfassung ab: Abdankungsszene I, 3–4, VII, 73–75, IV, 30ff., VIII, 117–127. Dann fiel er schon in den Erschöpfungsschlaf infolge der Largactil-Dosis, Krähkamp sagte, nachts – aber wir arbeiten ja nachts – muß das Hirn Ruhe haben. Ich raffte die selektierten Blätter an mich und schrieb sie im Unterweisungssälgen ins reine, exakt nach den Angaben aus dem Trauerhaus. Natürlich war das Endfassungs-Pflanzenbestimmen viel komplizierter, als ich es hier schildere, für ein Quartheft brauchten wir im Schnitt eine Woche. Krähkamp dokterte, ich tippte mit meinen immer verkrusteten Hilfstotengräberfingern die selektierten Blätter ab, der Internist sprach die Reinfassung auf Band, das Gerät stellten wir neben Stirners Bett, und er hörte durch den Medikamentenschleier das Original. Wieviel er wirklich noch hörte, entzieht sich unserer Kenntnis, Herr Generalweltkirchenratspräsident, denn die Antikirchendepressiva-Dosis war die allermassivste, auf jeden Fall hat er das Gehörte nicht autorisiert. »Schilten«, dies für die Philologen, ist in seiner heutigen Fassung nicht autorisiert.

Gleichzeitig revidierten wir die nicht autorisierte Originalfassung, indem wir nach freiem Ermessen, denn dies hätte seine Kräfte vollends überfordert, Nicht-wahr-Adelheid-Passagen einflochten. Uns, dem Umberer-Krähkampschen Autorenkollektiv, ist es zu verdanken, wenn man heute in »Schilten« lesen kann: »Das Chilten in Schilten behandelt Armin Schildknecht mit lauter Chiltknechten, nicht wahr, Adelheid. Wo, so unterbreche ich mein Abdankungsdiktat, soll ich denn Adelheid bekilten? Auf dem Friedhof beim Blanc-Clair-Obelisken? Dort stört uns Wiederkehr, nicht wahr, Adelheid. Im orangen oder toten Zimmer? Die Urne Haberstichs spricht dagegen, nicht wahr, Adelheid. In der Sammlung? Die im Giftschrank erstarrten, mit Arsenikseife präparierten Raubvögel lassen keine kiltable Stimmung aufkommen, nicht wahr, Adelheid. Auf dem Estrich unter dem Holunderziegel? Die Sumiswalder Zeitspinne zählt mit. Liebe aber läßt uns vergessen, daß die Zeit im Nu vergeht, nicht wahr, Adelheid, bitte, nimm den roten Unterrocksaum zurück, zurück, sage ich, den Unterrocksaum. In der Waschküche? Dort regiert die Schüpfer Elvyra, die hinter jedem Gemauschel ein gänseerotisches Techtelmechtel vermutet. Im Schiltwald? Ja, wenn man in Kauf nehmen will, daß Wigger mit seinem rostigen Klepper jederzeit aufkreuzen und alles verwiggern kann, nicht wahr, Adelheid. In der Mördergrube etwa? Das Klenken sucht uns auch in dieser brombeerverkrauteten Molassenspalte heim, Adelheid.« Dies führte Umberer ins Diktierkapitel ein. Zum Stichwort »Lehrerkunde« flickte er die Passage zwischen zwei Blöcke: »Leider lieben Lehrer, mit diesem Stabreim beginnt Armin Schildknecht das Diktat über die ›Lehrerkunde‹, immer methodisch-didaktisch. Sie machen, indem sie lieben, zugleich vor, wie man liebt und wozu. Lieben sollte man aber chaotisch-anarchistisch. Es gibt das anarchistische Anfangs-Chaos, die Geburt, und das anarchistische End-Chaos, den Tod, nicht wahr, Adelheid. Dazwischen liegt, von Chaösern umgrenzt, die anarchistische Chaos-Erotik. Ein Lehrer, der sich nie in eine Schülerin verliebte, sich also wünschte, was nicht sein darf, ist kein rechter Lehrer, nicht wahr, Adelheid. Wissen, was es heißt, hinter einem hennaroten oder goldblonden Roßschwanz zu stehen, wenn sich die Schülerin über das Heft beugt. Tagelang nur noch an diesen Roßschwanz denken können. Bitte, morgen mit dem Roßschwanz kommen, Adelheid. Allerdings ist er ein waschechter Lehrer erst dann, wenn er diese Schülerin nach Ablauf der Schonfrist auch heiratet. So sorgt er dafür, daß es selbst in seiner Ehepraxis keine schulfreie Minute gibt, nicht wahr, Adelheid, Herr Inspektor. Der Kreislauf des pädagogischen Inzests ist aber erst dann geschlossen, wenn seine eigenen Kinder von ihm unterrichtet werden und er sich dem pädagogischen Eros zufolge in die eigene Tochter als Schülerin verliebt. Dann kann er ihr mit roter Füllfedertinte unter das Diktat setzen: Schon deine Mutter hat Katarrh immer ohne h geschrieben. Mit den Schon-deine-Mutter-Sätzen die mit einer ehemaligen Schülerin im Schulhaus gezeugten Schulkinder traktieren. Erst dann ist das Gift eines Lehrers wirksam, wenn es über Generationen hinweg aus der Füllfeder gespritzt werden kann. Wir nennen den pädagogischen auch den Füllfeder-Inzest, nicht wahr, Adelheid, bitte den Saum zurück, zurück den Saum des flammend roten Unterrocks.«

Dies dank Krähkamps und meinem Eingriff ins Manuskript, Herr Generalweltkirchenratspräsident. Je näher wir durch diese aufwendige Methode dem Ende »Schiltens« kamen, desto siechenhafter serbelte Stirner dahin, ja er lag in den Sielen und bat immer eindringlicher um die erlösende Spritze. Töten Sie mich, sagte er, Kafka zitierend, sonst sind Sie ein Mörder. Er könne nicht Schildknechts Selbstmord, antizipiert im Glockensuizid Haberstichs, wahrhaben wollen und danach glaubwürdig weiterexistieren, sondern er müsse deutlich machen, daß er am Verrat der Pfaffia gestorben sei. Ihre Immobilienpolitik kostet nicht mehr und nicht weniger als ein Menschenleben. Umberer hat alle seine letzten Worte ins Notnotatcarnet aufgenommen. Er wollte sich ein Stücklein Starrkirch erobern mit den 80 mal 180 Zentimetern seines Erdbestattungsgrabs. Dieses Starrkirch, Krähkamp und Umberer, kann mir niemand nehmen, wenigstens 25 Jahre lange nicht, ich genieße das Ehrentotenbürgerrecht, ich bin durch die Quittiger Friedhof- und Bestattungsverordnung geschützt.

Es steht mir, Ambros Umberer, dem Totenackerclochard, im Grunde nicht zu, Spekulationen über die Motive anzustellen, die einen Menschen in den Selbstmord treiben. Ich denke, er sieht die Waage der Gerechtigkeit vor sich. In der Ablebensschale liegt das Bleigewicht des Todes, die Auflebensschale beschwert er mit allem, was die Existenz rechtfertigen könnte, und siehe, es reicht nicht, das Leben drückt den Tod nicht nach oben. »'S mues jeden äinist ’s Läbe loh / Und usem Liecht a d’Feisteri«, dieser Haller-Vers, notabene der Vers eines Selbstmörders, trifft für den Suizidanten gerade nicht zu, denn er wählt in der Nacht die Nacht, er verhält sich, der Logik des Todes entsprechend, tautologisch. Er hat den Absprung getan, er befindet sich im Schwarzen Kabinett, wo sich keine Regung mehr vom tödlichen Hintergrund abhebt. Er ist der einzige, der von sich sagen kann: Ich bin gestorben. Er erlebt den Tod dreidimensional, indem er tötet, ermordet wird und stirbt. Ob er denn nicht die bestimmt petardenartige Wirkung seines Romans, sein meteoritisches Einschlagen in Pädagogenkreisen noch erleben wolle. Nein, er wolle nur recht behalten, und das Recht liege in der Tragik, daß der Selbstmörder erst als Leiche ernstgenommen werde. Kleists erster durchschlagender Erfolg, sagte er, waren die Schüsse am Wannsee. Wenn Pfarrer Nathanael Schmuhel in der Haus-Affäre schon über Leichen gehe, solle auch ein Leichnam die Schwelle für sein künftiges Wirken bilden und ein ewiger Fluch über dem luxuriös renovierten Gebäude – der Kostenvoranschlag belaufe sich auf 1,2 Millionen – liegen. Gott fluchen und sterben, sagte er und biß ins Kissen.

Die Cyanvergiftungen haben in den letzten Jahren durch die vermehrte Verwendung zahlreicher cyanhaltiger chemischer Mittel in der Industrie eher zugenommen. In suizidaler Absicht tritt Cyanwasserstoff oder Blausäure, HCN, heute an Bedeutung gegenüber den viel häufigeren Sedativa- und CO-Vergiftungen zurück. Zu einer sehr traurigen Berühmtheit ist HCN durch seine Anwendung in den Vernichtungslagern von Auschwitz und in den siebziger Jahren durch den Massensuizid in Guayana gekommen. Die Giftwirkung des Cyanwasserstoffes beruht auf der schon bei kleinsten Mengen eintretenden Hemmung zahlreicher Enzyme, unter anderem der Blockierung der Zellatmung (Zytochrom). Das Cyan verbindet sich hierbei mit der Ferricytochromoxydase. Es kommt so zu einer eigentlichen Erstickung vor allem gewisser Gehirnzentren, obschon der Sauerstofftransport im Blut, im Gegensatz zur CO-Vergiftung, nicht beeinträchtigt ist. Die tödliche Dosis für KCN wird mit 0,25 Gramm angegeben; liegt aber eine Anazidiät vor, so können auch weit größere Dosen, abgesehen von ihrer lokal ätzenden Wirkung, vertragen werden. Die tödliche Dosis für HCN dürfte um rund ein Milligramm pro Kilo Körpergewicht liegen. Auch hier scheint aber die individuelle Empfindlichkeit sehr unterschiedlich zu sein. Wahrscheinlich beruht dies auf der individuell verschiedenen Fähigkeit, HCN zu Thiocyanat zu entgiften. Als klinischer Nachweis genügt der suizidalpoetische intensive Geruch nach bitteren Mandeln.

Die Kunde von Peter Stirners Selbstmord verbreitete sich wie ein Lauffeuer in den Gemeinden

Quittigen, Biberach und Romberg, ja im ganzen Kanton und über die Kantongrenzen hinaus. Man stand erst recht vor einem Rätsel, als im Herbst 1977 der Roman »Schilten – Schulbericht zuhanden der Inspektorenkonferenz« – mit meinem, Umberers Nachwort – bekannt und bald auch berühmt wurde. Dieser Autor hätte, so war die Meinung der Kritik, noch mehr zu sagen gehabt. Doch er hatte das Fragment eines Manifests hinterlassen, in dem es heißt: »Zuerst bin ich an der Kirche nur krank geworden, jetzt bin ich an ihr gestorben.« Steuerlin ließ ein Memorandum zirkulieren, in dem er beteuerte, die Kirchenpflege habe das Haus nie länger als für drei Jahre versprochen, kein Mieter habe das Recht, den Eigenbedarf des Vermieters zu ignorieren. Ich, Ambros Umberer, habe alle diese Dokumente der Verlogenheit gesammelt und in den Ordner »Starrkirch 1972–1977« geheftet, der mir nun im Käfigturm wertvolle Dienste leistet. Natürlich wurde der Anschein erweckt, nicht Nathanael Schmuhel habe nach dem alten Pfarrhaus gestrebt, sondern die Gemeinde – d'Mäinig isch – habe dies vom neuen Pfarrer gefordert. Steuerlins Begründung, Herr Generalweltkirchenratspräsident, war die allerlächerlichste. Steuerlin entblödete sich nicht, auch der Presse gegenüber zu betonen, das 1973 gekaufte Terrassenhaus – das Bommer verlangt hatte –, läge für die Biberacher »eine Kurve zu nahe an Quittigen«, was dem dort wohnenden Pfarrer, der auch Biberach zu betreuen habe, eine feste Bindung zu diesem Dorf ganz einfach verunmögliche. Das Pfarrhaus Starrkirch liege wenigstens in ihrem Blickbereich. Der Glaube hängt somit wohl also davon ab, Herr Generalweltkirchenratspräsident, ob die Gemeindeglieder noch den Schornstein ihres Pfarrers sehen können. Wie bei der Frage Spitzhelm oder Käsbissen, wie bei der Querele Abendmahleinzelbecherchen-Gesamtpokale ging es nun darum: Sehen wir den Schornstein des Pfarrers oder nicht. Stirner, lebte er noch, würde diese Sektenbande Schornsteinglaubensfeger nennen. Hier fällt nun auf, Herr Generalweltkirchenratspräsident, daß derjenige fehlt, der die Dinge namhaft gemacht hat und damit dingfest. Alles entnamsen, heißt es in »Schilten«, um es dann neu zu benamsen.

Die Kirche war am 16. März 1977 bis auf den letzten Platz besetzt, als, welche Abgeschmacktheit, ausgerechnet Nathanael Schmuhel die Abdankung hielt und ich mit dem versteckten Gewehr unter dem Militärkaput Stirners seitlich der Orgel stand. Es goß aus Kübeln. Peter Stirner war nicht aus der Kirche, er war aus dem Leben ausgetreten, um sich dergestalt ein Stück Starrkirch zu bewahren, das Grab. Ich, Herr Generalweltkirchenratspräsident, gab Schmuhel eine letzte Chance, ich sagte mir, wenn er von der Kanzel herab offen bekennt, daß er den Schriftsteller unter den Boden gebracht hat, soll er leben, andernfalls knallen wir ihn ab wie eine Friedhofskrähe. Nun, es war eine illusionäre Chance, denn wann hat ein Pfaffe schon offen gesprochen, wenn er der Hauptschuldige war? Es ist und war, Herr Generalweltkirchenratspräsident, eine bodenlose Frechheit und Blasphemie, daß Schmuhel den Trauergottesdienst hielt. »Der Mund, der lügt, bringt sich den Tod«, Jesausia 1,11, und: »daß sie nicht bis in den Tod unbestraft bleiben«, Sirach 9,17. Schmuhel griff das Wort heraus: »Wenn aber dies Verwesliche wird anziehen die Unverweslichkeit, und dies Sterbliche wird anziehen die Unsterblichkeit, dann wird erfüllt werden das Wort, das geschrieben steht: ›Der Tod ist verschlungen in den Sieg. Tod, wo ist dein Stachel? Hölle, wo ist dein Sieg?‹ Aber der Stachel des Todes ist die Sünde; die Kraft aber der Sünde ist das Gesetz. Gott aber sei Dank, der uns den Sieg gegeben hat durch unsern Herrn Jesus Christus.« 1 Korinther 54–57. In »Schilten« aber steht geschrieben, Herr Generalweltkirchenratspräsident, daß es die Leute auf dem Land als höchst unanständig empfinden, wenn sich ein Betbruder in ihren Trauerfall einmischt, denn in Schilten und Quittigen wird nicht getrauert, in Schilten-Quittigen wird vornehmlich getrotzt. Und da komme so ein Marzipan-Messias von Mooskirch herauf und bastle nach den Angaben aus dem Trauerhaus ein sinnvolles Schicksal zusammen, »nie begreifend, daß es auch in einem Säuferleben auf jede Einzelheit, sozusagen auf jeden Schluck ankommt, nicht wahr, Adelheid.«

Wer aber war denn imstande, die Angaben aus dem Trauerhaus zu machen, etwa Steuerlin, Wunderlin, die Pfeuti, die Schoecksche oder Wurgisser? Nein, ich, Ambros Umberer, Nathanael Schmuhel stieg zum ersten Mal in seiner Amtszeit zu mir in den Bibelkarner neben der Leichenhalle hinunter, wo mein Freund und Förderer lag, ich sein Nachtportier, nahm Umberer zum ersten Mal wahr, richtete zum ersten Mal Fragen an Umberer. Wir alle stehen fassungslos vor diesem Hinschied, S-S-S-elbst-m-m-m-ord korrigierte ich ihn, und Sie waren, wie mir Wurgisser versicherte, sein engster Vertrauter, Sie soll er ja sogar in seinem Roman verewigt haben. Erzählen Sie mir doch bitte etwas aus seinem Leben, lassen Sie Ihrer Trauer freien Lauf, »aß er sein Brot voll Trauer und Entsetzen«, Tobias 2,4. Sehen Sie, Herr Generalweltkirchenratspräsident, diesen Triumph wollte ich vor meiner Verhaftung noch erleben, die Pfaffia ist auf dich angewiesen, und ich hielt ihm das Wort aus 1 Könige 21,19 entgegen: »hast gemordet, dazu fremdes Erbe geraubt«. Ich kann Ihnen jede Menge Bibelstellen zitieren, die die Wahrheit sagen, Herr Pfarrer Schmuhel, nur keine Angaben aus dem Trauerhaus machen, denn Sie werden ja wohl nicht von der Starrkircher Kanzel herab verkünden, daß der

Selbstgerichtete fünf Jahre lang unter Euresgleichen gelitten hat. Oder bekennen Sie sich fünf nach zwölf doch noch zur Wahrheit, dann sagen Sie, daß Peter Stirner 1942 im Aargauischen Stumpenland, in Menzenmang geboren ist, eine glückliche Jugend und zwei Geschwister gehabt hat, daß er die dortige Bezirksschule absolviert und in Fräulein Mathilde Rey eine hervorragende Deutschlehrerin gehabt hat, die seine Sprachbegabung förderte, daß er dann die Realabteilung der Aargauischen Kantonsschule besuchte, anschließend in Zürich Germanistik, Kunstgeschichte und Pädagogik studierte, eine Dissertation über den Selbstmörder Paul Celan verfaßte, Doktorat summa cum laude, und 1972, nachdem er vier Jahre lang Deutsch an der Kantonsschule Aarau gegeben hat, wo ihn seine Schüler überaus schätzten, nach Starrkirch gekommen ist, weil der damalige Pfarrer Bommer nicht in das alte Pfarrhaus ziehen wollte. Sehr gut, Umberer, versetzte Schmuhel, der alles in sein schwarzes Büchlein notierte, und jetzt die Starrkircher Zeit. Sagen Sie der Gemeinde, wenn Sie den Mut dazu haben – Schmuhel: »Wer ein mutig Herz hat, weiß sich zu halten«, Sprüche 18,14 –, daß die fünf Jahre vom 1. April 1972 bis zum 13. März 1977 ein einziger Kampf um das Haus und den Roman, gegen die Kirchitis und die Pfaffia waren, und daß es dem Verdienst Stäblis, Bommers – van Doelen klammern wir zu recht aus –, Wermelingers und Schmuhels zu verdanken ist, daß er ins Grab geekelt wurde, dagegen dem zähen Ringen Krähkamps und Umberers, daß »Schilten« trotz allem, wenn auch unautorisiert, noch vollendet wurde. Er konnte mit Fug sagen: »Es ist vollbracht.« Ich rate Ihnen, in Ihrem eigenen Interesse, die Trauerversammlung dergestalt aufzuklären, sagen Sie bitte auch, daß 0,25 Gramm Zyankali unter Einwirkung der Magensäure die tödliche Blausäure freisetzen, ein Mittel, das zu den Suizidaldrogen der Kategorie A gehört, daß der Mensch unter fürchterlichen Krämpfen, aber schnell verendet, daß stilistisch für diesen Selbstmord angesichts der Gottes- und Pfaffia-Vergiftung nur Zyankali in Frage kam. Dies war das Gespräch zwischen Schmuhel und Umberer vom 14. März 1977 im Bibelkarner. Ich habe ihn gewarnt, er hat es überhört. Ich erschieße keinen Verbrecher, bevor ich gesagt habe: Hände hoch! Im Bibelkarner sagte ich: Hände hoch! Aber er faltete sie zum Gebet und fragte mich, ob ich still mit ihm beten wolle. Ich zeigte ihm meine verkrusteten Finger und sagte, diese Hände hätte ich den ganzen Tag als Totengräberschaufeln benutzt, um Wurgisser beim Ausschachten der Lättgrube behilflich zu sein, sie befänden sich in der sogenannten Totengräberstarre und könnten sich nicht auf Kommando falten. Ich kann Ihnen kaum beschreiben, Herr Generalweltkirchenratspräsident, welche Gerechtigkeitswollust es bedeutet, einen Frömmeler beten zu sehen, von dem man weiß: übermorgen bist du dran. »Denn dir widerfährt die Gerechtigkeit durch das Schlachtvieh Gottes«, Jesausia 21,15.

Die Angaben aus dem Trauerhaus wurden an Stirners Abdankung, wie nicht anders zu erwarten war, umgelogen. Der Heimgegangene – welch ein blasphemischer Euphemismus – habe im Schoß der Kirche, als ihr Gast fünf schaffens- und segensreiche Jahre in Starrkirch verbracht, etcetera blaballera. Des Herrn Wege seien unerforschlich, etcetera blaballera. Wer wollte den ersten Stein erheben gegen einen, der sich selbst gerichtet habe, etcetera blaballera. Er sei ein Mensch von großen Gaben gewesen, etcetera blaballera. Leider sei es ihm nicht vergönnt gewesen, seinen Weg zu Ende zu gehen, etcetera blaballera. Er habe an einer schweren Krankheit gelitten, etcetera blaballera. Ja, an der exogenen Kirchendepression, Kommentar Umberer. Ewige Ruhe sei besser als stete Krankheit, Sirach 30,17, etcetera blaballera. Vom Kirchenkrebs geheilt zu werden, wäre besser, Kommentar Umberer. Er habe seinen ewigen Frieden gefunden, etcetera blaballera. Nein, die ewige Finsternis im Lätt, Kommentar Umberer. Wenn er vor Gott treten und gefragt werde, was er mit seinem Pfund getan habe, stehe er nicht mit leeren Händen da, etcetera blaballera. Nein, mit »Schilten«, Kommentar Umberer, und wenn einer je mit einer Gedenktafel an diesem Pfarrhaus verewigt wird, ist es keiner von euch

Pfaffen, die ihr die Stellen wechselt wie das Hemd, sondern Peter Stirner. Es habe dem Herrn gefallen, ihm die schwerste aller Prüfungen zu auferlegen, etcetera blaballera. Ihr habt ihm die Existenz so sauer gemacht, bis sie nicht mehr lebbar war, Kommentar Umberer. Man müsse verstehen, daß er sich in den letzten Leidensjahren von den Menschen abgewandt habe, etcetera blaballera. »Ein verletzter Bruder hält härter denn eine feste Stadt«, Sprüche 18,19, Kommentar Umberer. Er habe in Kafkas »Tagebüchern« – aha, immerhin die Volte zur Literatur – den Satz unterstrichen: »Ich verkrieche mich vor der Menschheit nicht deshalb, weil ich ruhig leben will, sondern weil ich ruhig zugrunde gehen will.« Nicht etcetera blaballera, weil Weltliteratur, Kommentar Umberer. Wir alle verneigen uns in tiefem Leid vor den Hinterbliebenen, etcetera blaballera. Seine Schwester und sein Bruder waren nicht an die Abdankung gekommen, Kommentar Umberer. Dann, wie gesagt, der Schuß auf die Kanzel, eine Herzmouche, so sicher wie das Amen in der Kirche.

Da Schmuhel auch erdbestattet sein wollte, liegen die beiden nun dicht nebeneinander in der Südwestecke des alten Kirchhofs, so nahe dem Pfarrhaus wie möglich, der Seelenveruntreuer sicher eine Kurve näher bei Gott, und sogar Schmuhels Grabstein lügt noch, er täuscht Marmorglätte vor, besteht aber aus poliertem, anthrazitgrauem Schwedisch-

Schwarz-Granit. Darauf die Inschrift in Gold: Hier ruht Nathanael Schmuhel, Pfarrer in Starrkirch, 1951–1977, und das Zitat aus der Abdankungspredigt für Stirner: »Tod, wo ist dein Stachel?« Daneben ein schlichtes Holzkreuz: Peter Stirner, Schriftsteller in Starrkirch, 1942–1977, und die Worte: »Er hatte recht.« »Im Tode vereint sind der Frevler und sein Opfer«, Jesausia 9,21. Wie alle andern Gräber werden die beiden Stätten im Frühjahr mit Stiefmütterchen, im Frühsommer mit Begonien und für die Einwinterung mit Blautannenzweigen geschmückt. Wermelinger kündigte nach der Ermordung seines Kollegen, die Starrkircher Kanzel war ihm zu gefährlich. Stock ist einmal mehr verwaist. Das alte Pfarrhaus wurde für 1,2 Millionen renoviert, im Parterre befinden sich ein Sonntagsschulraum samt Küche, ein Sitzungszimmer und das Studierzimmer des Pfarrers, im ersten Stock die Wohnräume, im Dachgeschoß mit den Lukarnen die Schlafräume. Das Terrassenhaus Bommers wurde mit Verlust verkauft. Dem ohnehin engen Sigristenhaus wurde ein Zimmer abgezwackt zwecks Einbau einer Küche. Man kann jetzt, je nach Laune, Kirchenkaffee kochen im Pfarrhaus, in der Sigristenküche neben dem Unterweisungszimmer, in Stock auf mindestens 12 verschiedenen Herdplatten oder in der Leichenhalle mit dem Tauchsieder. Die Pfaffia hat ihr Ziel erreicht: die Kirche als universelle Cafeteria. Nur predigt zur Zeit niemand auf

Starrkirch, die Kirchenpflege sah sich genötigt, gleich drei Pfarrwahlkommissionen zu bilden, denn in Biberach wurde Land gekauft für ein drittes Pfarrhaus. Haben sie einmal drei Kandidaten, geht die Querele los. Ich von meiner Zelle aus an der um diese Jahreszeit hoch angeschwollenen Aare kann diese Entwicklung bequem im Lokalteil des »Aargauer Tagblatts« verfolgen. Ich bereue nichts, führe mich aber mustergültig auf, so daß ich nach wenigen Jahren entlassen werden dürfte. Seit ich übrigens im Gefängnis sitze, hat sich das Stottern-Poltern fast ganz verloren. Und wenn nun tatsächlich der Nachfolger Wermelingers oder Schmuhels oder gar der ganz Neue auf die Wasserflue oder Gisliflue will? Dann wird man eben auf der Wasserflue oder Gisliflue bauen, und die Planungskommission wird das im Namen der phantomhaften Gemeinde der Evangelischen Landessekte begründen. Nieder mit der Pfaffia, es lebe »Schilten«! Ja, eine seiner letzten Notizen ist die: »Schriftsteller sein heißt Sprache haben über den Tod hinaus.«

Deutschsprachige Literatur in den suhrkamp taschenbüchern: Lyrik

Artmann, H. C.: Gedichte über die Liebe und über die Lasterhaftigkeit. Ausgewählt von Elisabeth Borchers. st 1033
– How much, schatzi? st 136
The Best of H. C. Artmann. Herausgegeben von Klaus Reichert. st 275
Becker, Jürgen: Gedichte. 1965-1980. st 690
Brasch, Thomas: Der schöne 27. September. Gedichte. st 903
Braun, Volker: Gedichte. st 499
Brecht, Bertolt: Gedichte. Ausgewählt von Autoren. Mit einem Geleitwort von Ernst Bloch. st 251
– Gedichte für Städtebewohner. Herausgegeben und mit einem Nachwort versehen von Franco Buono. st 640
– Gedichte über die Liebe. Ausgewählt von Werner Hecht. st 1001
Celan, Paul: Gesammelte Werke. Band 1-3: Gedichte. st 1331
– Atemwende. st 850
Deutsche Lyrik. Eine Anthologie. Herausgegeben von Hanspeter Brode. st 1607
Enzensberger, Hans Magnus: Gedichte. 1950-1985. st 1360
– Der Untergang der Titanic. Eine Komödie. st 681
Handke, Peter: Als das Wünschen noch geholfen hat. Fotos von Peter Handke. st 208
– Das Ende des Flanierens. st 679
Hesse, Hermann: Die Gedichte. 1892-1962. 2 Bde. Neu eingerichtet und um Gedichte aus dem Nachlaß erweitert von Volker Michels. st 381
Huchel, Peter: Gezählte Tage. Gedichte. st 1097
Kaschnitz, Marie Luise: Kein Zauberspruch. Gedichte. st 1310
Kolleritsch, Alfred: Gedichte. Ausgewählt und mit einem Vorwort versehen von Peter Handke. st 1590
Kraus, Karl: Band 9: Gedichte. st 1319
Loerke, Oskar: Die Gedichte. Herausgegeben von Peter Suhrkamp. Neu durchgesehen von Reinhard Tgahrt. st 1049
Malkowski, Rainer: Gedichte. Eine Auswahl. st 1641
Mayröcker, Friederike: Ausgewählte Gedichte. 1944-1978. st 1302
Sachs, Nelly: Fahrt ins Staublose. Gedichte. st 1485
Schneider, Reinhold: Gedichte. Auswahl und Nachwort von Christoph Perels. st 1418
Walser, Robert: Band 13: Die Gedichte. st 1113
Zschorsch, Gerald: Glaubt bloß nicht, daß ich traurig bin. Prosa, Lieder, Gedichte. Mit einem Text von Rudi Dutschke. st 1784

255/1/8.90